Annabel & Sarah

ANNABEL & SARAH

Jim Anotsu

1ª edição

Editora Draco
São Paulo
2010

Jim Anotsu
odeia dias de sol e chocolate amargo. Nasceu em algum lugar e foi por lá que começou a escrever. Seu autor favorito é R.L Stevenson. *Annabel & Sarah* foi escrito pouco depois de ter sido expulso de casa. Morou em Seattle e debaixo de algumas pontes por lá. Ama somente três coisas na vida: Livros, *rock 'n' roll* e uma garota em especial. Atualmente se dedica à arte do tédio e aos cuidados com seu cão, Humbug.

Edição: Erick Santos Cardoso
Produção editorial: Janaina Chervezan
Preparação de texto: Saint-Clair Stockler
Revisão: Andréia Szcypula e Karlo Gabriel
Ilustração de capa: Valber Antunes e Warllen Silveira

Dados Internacionais de Catalogação na Publicação (CIP)
(Câmara Brasileira do Livro, SP, Brasil)

Anotsu, Jim
Annabel & Sarah / Jim Anotsu. – 1. ed. –
São Paulo : Editora Draco, 2010.

ISBN 978-85-62942-03-7

1. Ficção brasileira I. Título.

10-00712 CDD-869.93

Índices para catálogo sistemático:
1. Ficção : Literatura brasileira 869.93

1ª edição, 2010

Editora Draco
R. Carlos Honório, 190 - 13
Jd. Esther Yolanda - São Paulo - SP
CEP 05372-070
draco@editoradraco.com
www.editoradraco.com
www.facebook.com/editoradraco
twitter: @editoradraco

SUMÁRIO

Para Virgynia.
A garota capaz de
fazer qualquer sonho
parecer possível.

Foi há muitos e muitos anos,
num reino perto do mar,
que viveu uma donzela que talvez você conheça,
pelo nome de ANNABEL LEE;
e essa donzela vivia sem outro pensamento
que não amar e ser amada por mim.

Edgar Alan Poe - *Annabel Lee*

PARTE I

TERRA DE IRÁS E NÃO VOLTARÁS

Capítulo primeiro

Garota anacronismo

ERA UMA VEZ uma menina chamada Annabel Lee que viveu a mais incrível das aventuras, em lugares enevoados e sombrios que preferimos esquecer na hora de dormir. Essa também é a história de uma outra garota de nome Sarah que, assim como sua irmã, caminhou por lugares ermos e assustadores.

Annabel tinha quinze anos e vivia com seu pai em uma casa nos arredores de Londres, quando tudo aquilo começou.

Naquela manhã, ela acordou com a luz do sol tocando seu rosto e a vontade de deixar a cama bem afastada de si. Escovou os dentes e lavou o rosto sem muita pressa.

Annabel era uma garota baixa, de cabelos negros, curtos e repicados nas pontas de uma maneira desajeitada. Ela fazia questão de cuidar do seu próprio corte, deixando uma franja cair sobre o olho esquerdo. Os olhos eram azuis e se destacavam no rosto pálido. Usava sempre os pequenos óculos de armação vermelha. O nariz era pequeno e arrebitado, lábios rubros e fartos. E, por fim, uma covinha no queixo. Geralmente vestia calças jeans rasgadas à altura dos joelhos e um surrado par de *All Stars* vermelhos.

Logo em seguida, desceu as escadas rumando à cozinha. Seu pai tomava o café da manhã e lia o jornal matutino com uma expressão serena e concentrada no rosto.

— Bom dia, papai. — Falou Annabel.

— Bom dia, criança.

O Sr. Orson Lee era cineasta. Um homem bonito, de cabelos escuros e brilhantes, olhos verdes sempre atentos a tudo o que acontecia ao seu redor. Dono de maneiras cultas e refinadas, embora às vezes fosse temperamental e orgulhoso.

— Espero que esteja bem disposta para hoje. — Disse ele com um pequeno sorriso.

— Bem — começou ela franzindo o cenho, uma fatia de pão na mão —, sabe como é... A perspectiva de um longo e adorável dia de diversões e alegrias ao lado da minha amada irmã, como eu não estaria bem disposta?

Ele dobrou o jornal e o depositou ao lado da fotografia de suas filhas antes de responder:

— Tenho a leve sensação de captar uma pequena coisa chamada "sarcasmo" no seu tom de voz, garota.

— Não... Você está enganado, o sarcasmo é coisa do passado, assim como os *hippies*, os *beatniks*, e os bons shows de *rock 'n' roll*. A moda atualmente é o escárnio sutil. Se por um lado não é muito diferente do sarcasmo habitual, por outro tem uma sonoridade mais agradável...

— Pois bem, agora deixe o *escárnio sutil* de lado e arrume-se, pois estamos saindo daqui a pouco.

Como os pais de Annabel eram divorciados, sua irmã vivia com a mãe e o padrasto numa outra casa, e, a cada duas semanas, o Sr. Lee tinha direito a um final de semana com ela. Naquele dia, o trio sairia para fazer compras e passear pelas ruas sem uma direção definida, e por fim iriam para casa e assistiriam a *O Grande Lebowski*.

— Papai, eu quero ficar em casa!

— Não... Quando você possuir um emprego e mais trinta anos de idade, eu passo a pensar no assunto. Ate lá, nada feito, mocinha.

— Acho que não. Mais três anos e eu serei maior de idade.

Terminou de tomar seu café da manhã e foi arrumar-se para que pudessem sair. Tomou um banho, calçou os inseparáveis tênis, vestiu uma já muito desgastada calça xadrez avermelhada e a camisa preta estampada *Smashing Pumpkins,* sua banda favorita.

Quando tudo estava pronto, entraram no carro e botaram o pé na estrada. O Sr. Lee sintonizou o rádio numa estação qualquer. Uma canção de The Wombats foi cuspida com muita estática. Levaram cerca de quarenta e cinco minutos até chegarem à casa da mãe de Annabel.

Uma casa realmente grande e que possuía um jardim impecável cujas estátuas, limpas e bem cuidadas, brilhavam sob a luz do sol, com a topiaria bem executada em várias partes. Uma construção de arquitetura moderna com várias janelas de vidro escuro. A porta da frente estava aberta e uma figura acenou quando o carro vermelho parou por ali. O portão foi aberto por um velho coxo.

Annabel foi a primeira a sair do carro, sendo logo seguida por seu pai.

A mãe da garota os aguardava. Era muito bonita, com longos cabelos loiros e feições suaves. Naquela manhã ela optara por usar um vestido florido em branco e amarelo, sandálias aconchegantes e cabelos soltos. A Sra. Julia Moriarty era uma famosa cirurgiã plástica, bastante requisitada por pessoas influentes e celebridades.

— Olá, é bom vê-los... Sarah está terminando de se arrumar, em breve estará aqui. — Disse a Sra. Julia com um sorriso amigável. Abraçou a filha e acrescentou: — Ora, se não é minha mocinha um pouco mais alta do que a última vez em que a vi!

— Desculpe-me desapontá-la, mamãe, mas continuo exatamente com os mesmos poucos centímetros de antes. Onde está Howard?

Howard Moriarty, o atual marido de sua mãe, era um empresário com vários negócios em todo o mundo. Suspeitava-se que em menos de cinco anos seria um dos cinco homens mais ricos da Europa.

— Está viajando. Negócios. Entrem, chegaram bem a tempo para o café da manhã. Eu mesma preparei, tenho aprendido a cozinhar coisas decentes com Jamie Olivier.

— Fico feliz que tenha ouvido meu conselho, mãe, mas não pretendo demorar muito. — Respondeu Annabel.

Foi então que outra garota surgiu à porta. Sarah, sua irmã gêmea. Totalmente diferente em estilo embora a aparência física fosse quase a mesma.

Usava um vestido azul petróleo dois dedos acima dos joelhos e com anáguas. As mangas terminavam na altura dos cotovelos. Uma garota magricela e de pernas finas cobertas por meias-calças pretas e calçando um par de sapatos da mesma cor. Seu cabelo era naturalmente loiro, e, ao contrário de sua irmã, não o pintava de negro. Era uma franja reta cujas laterais repicadas lhe caíam à altura do queixo, e o restante a descer em cachos até pouco abaixo de seus ombros. Todas essas coisas lhe conferiam uma aura bastante feminina e uma expressão sensível.

Ela deu um grande abraço em seu pai e o beijou várias vezes.

— Estava com saudades, papai! Você sabia que estou com uma super vontade de tomar sorvete hoje? Pode nos levar?

— Rindo, ele respondeu que sim. Sarah então se virou para a irmã: — Olá, Ann.

Annabel respondeu com um aceno de cabeça quase imperceptível.

Conversavam sobre banalidades quando *Lucy In the Sky With Diamonds* começou a tocar. Annabel observou quando seu pai pediu licença a todos e se afastou para atender o telefone. Ela sabia bem que havia algum imprevisto quando o pequeno aparelho prateado dava sinal de sua existência.

— Será que surgiu algum problema? — Indagou Sarah à sua irmã.

Annabel deu de ombros e respondeu:

— É o papai... Com certeza alguma coisa aconteceu.

— Espero que os planos de vocês não sejam cancelados, garotas. — Disse sua mãe — Ann, já se decidiu por comprar um telefone?

Ao contrário de sua irmã que possuía dois telefones celulares, Annabel não possuía nenhum. Considerava muito desagradável que qualquer pessoa pudesse encontrá-la quando bem entendesse. Mesmo que não quisesse ser encontrada.

— Não... E isso não entra na minha lista de necessidades até eu ter me formado numa universidade.

Sua mãe lançou-lhe um sorriso em resposta. Foi nesse momento que o Sr. Lee terminou sua ligação e voltou para junto delas.

— Aconteceu alguma coisa, papai? — Perguntou Sarah.

— Sim... Os produtores do filme pediram que duas cenas fossem reescritas até amanhã. É preciso ir até o hotel onde está Dan Manfredo e resolva isso o mais rápido possível.

— Humn... Isso quer dizer que o final de semana foi cancelado? — Perguntou Annabel. Havia esperança em sua voz.

O Sr. Lee rapidamente fez um gesto com as mãos e falou:

— Mas claro que não! Esse é um problema que pode facilmente ser resolvido num par de horas. O hotel talvez tenha coisas que podem entretê-los durante algum tempo... A seguir com a programação normal como havíamos combinado. Tudo bem para vocês? Então vamos.

Sem nenhuma outra opção, Annabel e sua irmã se despediram da mãe e entraram no carro. Sarah estendeu o braço para fora da janela e acenou. Em seguida partiram.

Foi assim que começou.

Capítulo segundo

Caixa em forma de coração

– Bom dia, Londres! Realmente um dia esplêndido, pessoal: o clima está ameno e o vento sopra tranquilo. As moças bonitas, ah!, essas garotas desfilam pelas ruas. Sim! Sim! Sim! Lindo dia, Londres, lindo dia. Eu, meus caros amigos, sou John O'Nokes, e essa é A Voz da Manhã. Vamos aos nossos rápidos comerciais, continue comigo pessoal!

Annabel começou a tentar sintonizar outra transmissão de rádio, por achar que John O'Nokes e sua Voz da Manhã eram tão ruins quanto um campo de extermínio. Continuou a trabalhar com a ponta dos dedos girando a peça redonda de um lado para o outro. Sem notar exatamente em qual estação havia sintonizado, encostou a cabeça junto ao vidro da janela e se pôs a observar a paisagem que ia passando. Pensava nas estradas. Em todas as estradas espalhadas pelo mundo. Guiando a rumos repletos de surpresas. Imaginou-se longe numa dessas estradas infinitas, somente o céu e as disformes nuvens sobre sua cabeça, o asfalto quente sob seus pés. Indo rapidamente em direção a uma paisagem onde o cotidiano seria considerado um crime.

Ainda pensava em todas essas coisas quando sua irmã disse:

— Ann, conte-me como vão as coisas.

— Prefiro me poupar do tédio.

Apesar do descaso de Annabel, a outra garota deu de ombros e começou a falar:

— Se você não tem nada para contar, eu tenho um monte. Fui numa festa com algumas amigas. Pra falar a verdade nem era uma coisa legal, estava repleta de *ninguéns*... Mas você nem imagina o que aconteceu lá. Um garoto se declarou para mim. Ele me disse o seguinte: "*Sarah, meu amor por você é o limite de divisão por zero, tende ao infinito*". Mas é claro que não fiquei com ele, era um típico *nerd*!

— E aposto que você deu o fora nele da maneira mais cruel possível, não é, irmãzinha? Por que você não aproveita a oportunidade de ficar calada? Você às vezes é uma vaca.

O Sr. Lee, sem desviar a atenção do volante, tentou interferir dizendo:

— Annabel Lee! É melhor tomar cuidado com a sua boca antes que eu te coloque de castigo pelo resto da sua vida.

Sarah pareceu não ouvir o aviso do pai e retrucou:

— *Eu* sou uma vaca?! Você alguma vez já parou para se olhar no espelho? Você e aquela sua amiga esquisita... Qual é mesmo o nome dela?... Penny-alguma-coisa. Você beija garotas que nem ela?

— Cale a sua boca! — Gritou Annabel.

O pai das garotas perdeu a paciência e, em tom firme, falou:

— Não quero ouvir a voz de nenhuma das duas. É melhor começarem a fingir que sabem o que significa a palavra *respeito*. Às vezes é difícil suportar vocês, sabiam?

O silêncio ressentido ficou pairando no ar durante bastante tempo.

Foi nesse momento que o Sr. Lee avistou um posto de gasolina e se dirigiu para lá. Era um posto imundo cujo chão estava completamente manchado por óleo e graxa. Três funcionários estavam metidos em macacões e bonés vermelhos. Adiante havia a loja de conveniência. Rente à porta de entrada havia uma antiga máquina de refrigerantes em lata. Também havia um mendigo quase adormecido com uma placa na mão onde se podia claramente ler: *O fim está próximo!*

Annabel aproveitou o instante em que seu pai conversava com o frentista e decidiu ir até a loja de conveniência. Ao passar pelo mendigo, deixou duas moedas.

Sem demora ela empurrou a porta e entrou. Um pequeno sino tocou e o forte cheiro de limpeza invadiu suas narinas. A loja era uma coisa sem vida onde uma atendente de ar enfadonho lia o horóscopo numa revista de páginas amareladas enquanto lixava as unhas. Usava um estranhíssimo penteado ruivo repleto de rolos e grampos. O semblante era o típico das pessoas pouco prestativas.

Annabel procurava alguma coisa que chamasse sua atenção, quando ouviu o sino da porta. Ao se virar, encontrou Sarah.

— O que você vai comprar? — Perguntou sua irmã.

— Uma bomba nuclear. Ouvi dizer que são capazes de aliviar o tédio das tardes de domingo.

Annabel começou a se afastar de Sarah, que segurou seu braço e disse:

— Ann, quero me dar bem com você, palavra!

— Então fique bem longe. É o melhor para os seus dentes, inclusive.

Com um gesto violento, Annabel se livrou da mão que a segurava e foi até o balcão. Comprou dois biscoitos da sorte que vinham numa pequena caixa em forma de coração. A mulher pegou o dinheiro e devolveu o troco dizendo num tom pastoso e falso:

— Obrigado e volte sempre...

As duas garotas voltaram para o carro, que logo em seguida tomou novamente a estrada, uma música do The Raconteurs em alto volume. Annabel abriu um dos biscoitos. *Grande azar* era o que estava dentro dele. Um caminhão passou em alta velocidade e quase bateu no carro. O segundo biscoito ela preferiu guardar para um outro momento.

Capítulo terceiro

Mistério moderno

Levaram cerca de mais vinte minutos para chegarem até o lugar onde o Sr. Lee se encontraria com o roteirista. O hotel ficava numa parte pouco movimentada da estrada e não chamava a atenção. Era pintado em branco e azul. Carros e caminhões estavam parados ali. Havia um bar fechado ao lado e nos fundos um restaurante recém-inaugurado. Uma placa anunciava: HOTEL OÁSIS – VAGAS.

O carro foi estacionado e as garotas saíram acompanhadas pelo pai. Ainda estavam irritadas demais para falarem qualquer coisa. Caminharam até a porta de número 137 e o Sr. Lee tocou a campainha. Enquanto aguardavam, ele disse:

— Não pretendo demorar muito, espero que vocês se comportem.

Annabel ficou em silêncio observando a irmã dizer:

— Ora, papai, eu sempre me comporto, você não acha?

Não houve tempo para que ele respondesse porque a porta foi aberta e Dan Manfredo surgiu. Annabel ficou primeiramente espantada com o tamanho do homem. Era um negro de braços fortes e semblante jovial. Usava óculos de lentes arredondadas. Estava vestido com uma camisa larga com inúmeras cores alegres. Vestia também calças jeans desbotadas e chinelos macios.

Annabel sabia algumas coisas sobre o roteirista que foram contadas pelo pai. Ele era de N.Y., onde o pai tocava jazz em bares. A mãe era professora primária. Aos dezenove anos entrara para uma faculdade de cinema. Após a conclusão do curso e alguns curtas-metragens obscuros, ele se tornou roteirista de uma *sitcom* e vinha fazendo sua carreira desde então.

— Olá, sejam bem-vindos! — Falou Dan Manfredo — Acho que vocês duas são Annabel e Sarah, certo? Ouvi falar bastante de vocês por meio de seu pai.

O homem apertou a mão dos três num cumprimento caloroso e deu passagem a eles. O lugar era bem pequeno. Havia um quarto com mesa, uma sala com uma velha TV e a cozinha minúscula.

— Lamento sinceramente interromper o final de semana de vocês... — Continuou Dan Manfredo — Mas, infelizmente, mudanças são exigidas no roteiro.

— Tudo bem. Vamos terminar isso logo. — Respondeu o pai das garotas.

— Garotas, não creio que haja muita coisa interessante para vocês aqui. Se quiserem podem ligar a televisão.

Annabel, que não gostava de assistir televisão simplesmente deu de ombros e falou:

— Vou ficar lá fora.

— Não se afaste. — Disse o Sr. Lee.

— Como se eu tivesse muita opção para onde ir...

Ela saiu e fechou a porta atrás de si. O lado de fora estava tão quieto quanto antes. Isso a deixou ainda mais desanimada com tudo. Annabel caminhou durante algum tempo até que o bar fechado chamou sua atenção. Foi até a janela e limpou a poeira com a mão. Estava escuro e pouca coisa podia ser vista, mas ficou interessada em saber o que havia ali dentro. Fez um esforço com as duas mãos e conseguiu abrir a janela.

Enfiou primeiramente a cabeça para confirmar se o bar estava realmente vazio. Logo a seguir se apoiou na beirada e saltou para dentro. Tateou a parede até encontrar um interruptor. Uma luz amarelada surgiu. O lugar não era muito grande e parecia ter sido limpo há pouco tempo. O acúmulo de poeira não era grande e o cheiro de desinfetante ainda recendia. As cadeiras estavam postas sobre as mesas organizadamente. Annabel observava três cabeças de animais empalhadas na parede atrás do balcão quando ouviu:

— O que você está fazendo aí dentro?

Annabel olhou para a irmã, que a observava do lado de fora da janela, e respondeu:

— Olhando.

— Você não pode ir entrando nos lugares sem permissão.

— Juro que vou rezar por perdão hoje à noite! Obrigada por se preocupar. Se não for entrar caia fora de uma vez. — Respondeu Annabel já virando as costas.

Sarah demorou um instante olhando para todos os lados e, por fim, decidiu entrar. Pulou desajeitadamente e arrumou o vestido em seguida. Estava desgostosa por estar ali e expressou isso dizendo:

— Seria muito melhor se papai tivesse nos deixado em casa e nos buscasse quando acabasse aqui, você não acha?

— O melhor teria sido se eu não tivesse saído da *minha* casa, pra começo de conversa.

Annabel olhava com atenção algumas cópias de pinturas de Andy Warhol que estavam à mostra, assim como recortes de jornais emoldurados e fotos de antigos frequentadores. Enquanto isso Sarah mexia distraidamente em um velho aparelho de TV sobre o balcão.

— Vou lhe perguntar uma coisa, Ann. — Começou Sarah num tom que indicava que o faria mesmo que a irmã não quisesse. — Por que você não gosta de mim?

Annabel suspirou e não respondeu nada de imediato. Então, sem olhar diretamente para a irmã, foi dizendo:

— Sabe, não é que eu não goste de você, em algumas ocasiões até sinto empatia. Mas a verdade é que na maioria das vezes eu não a suporto. Você e seu jeito *sweet lolita* delicada e perfeita. Por isso, quero que de hoje em diante você enfie em sua cabecinha: nós somos irmãs, não somos amigas.

— Palavras machucam, Ann.

— Eu sei. É a função delas.

Os olhos de Annabel encontraram-se com os da irmã, e neles ela viu uma tristeza profunda. Talvez alguma das duas fosse dizer alguma coisa, mas o que aconteceu a seguir deixou tudo isso em suspenso até segunda ordem.

A TV ligou-se sozinha deixando as garotas assustadas. Antes que Sarah pudesse se afastar, duas mãos grossas surgiram de dentro da tela e a puxaram com força incalculável. Gritou de uma maneira que parecia rasgar sua garganta. No momento seguinte, foi como se ela nunca houvesse existido naquele lugar ou em nenhum outro. Annabel correu até a televisão e colocou suas mãos sobre ela. A única coisa que viu foi o seu reflexo tão pálido quanto a pele de um cadáver. Seus olhos estavam arregalados e injetados com o pânico.

Entrava agora no domínio do perigo iminente.

Capítulo quarto

A parte mais difícil

Imaginou se estava preocupada com a irmã ou com as consequências de não conseguir explicar seu desaparecimento. Sem encontrar nenhuma resposta, socou a parede... Pouco sentiu o dano.

Limpou o rosto usando as costas das mãos e surpreendeu-se ao notar que uma lágrima escorrera.

Annabel sentia um calor inexplicável tomar conta de si. O suor começava a pregar sua camisa às costas. Sentia um temor impossível de ser descrito. Mordeu o lábio com força enquanto imaginava qual atitude poderia tomar naquele segundo. Pensou em sair correndo e contar ao pai exatamente aquilo que acontecera. Sabia que ele jamais acreditaria... Ela mesma não acreditava muito no que vira.

Começou a andar de um lado para o outro. A sensação de desespero crescente ia se arrastando dentro de si a cada passo. Sua mente não conseguia imaginar o que fazer naquele momento. *Droga, o que eu faço?! Como eu vou poder explicar isso pro meu pai?*

— Ainda existe uma chance para a menina.

O medo, que já era agudo, tornou-se paralisante ao ouvir essas palavras de uma voz firme e fria.

Annabel se virou. A tela da TV mostrava um programa de auditório com uma plateia de bonecos sem rostos. Em seguida o palco principal foi mostrado. Era extremamente colorido e uma banda composta de esquilos tocava a vinheta de abertura. Atrás de uma mesa estava uma pálida garota de longos cabelos vermelhos encaracolados e com um vestido cheio de rendas pretas e vermelhas. Ela sorria. Não era uma coisa bonita. O nome do programa era: ENCRUZILHADA.

— É um prazer conhecê-la. — Começou a apresentadora. Sua voz era gutural e sem emoção. — Eu sou Estrela-da-Manhã e quero negociar.

— Onde está a minha irmã? — Perguntou Annabel. Tentava não demonstrar todo o medo que sentia.

A garota de cabelos rubros sorriu e, fazendo um gesto suave com a mão, respondeu:

— Está no Reino da Terra Morta e de lá não sairá. A menos que você me faça um favorzinho.

— O que você quer que eu faça? — Mal reparou que havia mordido o lábio com tanta força que ele sangrava.

— Ora, minha querida, fui aprisionada e esquecida aqui por meu pai. Eu era uma adolescente rebelde. Mas agora tenho uma maneira de escapar desse castigo. Basta que você encontre a flor Amor-Perfeito e traga para mim na Ilha da Expectativa. Faça isso e ambas voltarão para casa e viverão felizes para sempre.

Annabel andava de um lado para o outro. *Sarah, sempre culpa sua! Eu devia simplesmente deixar você sumir. Aposto que a minha vida ia ser bem melhor.* Praguejava em voz baixa e não conseguia se decidir pelo que fazer. Havia um redemoinho de medo e algo mais em seu estômago.

— Como posso saber se você diz a verdade? — Perguntou Annabel.

— Você não pode. Isso é um salto no escuro. E, acima de tudo, não vejo outras opções acenando para você. — Em tom carinhoso, acrescentou: — Venha, estenda seus braços para mim.

A respiração de Annabel era pesada e fora de ritmo. Sentia a pele arder e se esticar sobre os ossos. O sentimento desconfortável que ocorre quando se está num lugar e todo mundo parece estar olhando em sua direção. Aquilo que faz com que se tenha vontade de encolher até desaparecer.

A garota sabia que estava diante de alguma coisa que lhe traria mudanças significativas. *Acho que vou ficar parada aqui durante um bom tempo, tempo suficiente para que eu acorde e descubra que tudo isso não passa de um sonho ruim.* Apesar do pensamento tentador, sabia que isso não seria possível.

— Tudo bem... Vou atrás dela.

Houve uma música animada de comemoração. Estrela-da-Manhã respondeu:

— Ótimo. Oh, como amo você, sua garotinha esperta.

— E eu já odeio você... Estranho, não?

Estrela-da-Manhã riu e pareceu se importar pouco com aquilo que lhe fora respondido. Annabel aproximou-se da televisão. Era horrível. Ela tremia toda. O sangue lhe subia às faces. Um nó entalado na garganta. A náusea.

Colocou as mãos por sobre a tela e a pessoa do outro lado fez o mesmo.

Annabel sentiu dedos longos e frios segurarem seus braços com delicadeza. Queria poder dizer alguma coisa. Implorar para deixar tudo isso de lado e fugir. Sabia que se tentasse abrir a boca, seria atropelada pelas palavras.

E no fim foi puxada para dentro.

Um negro véu cobriu suas pupilas.

Travessia.

Capítulo quinto

Dean Chinaski

AQUILO TUDO NÃO durou mais do que o tempo entre uma batida e outra do coração. Para Annabel foi o segundo mais longo de toda a sua vida. Percebeu que havia terminado quando bateu o rosto em algo duro e esfolou o queixo. Passar por aquilo era como nadar em um lago congelado: uma coisa fria e assustadora.

Levantou-se com dificuldade. Uma dor latejou e de imediato percebeu que sua perna esquerda havia sofrido um pequeno corte. Um filete de sangue escorria e sujava sua meia.

Era uma noite sem lua. Após acostumar-se com as sombras, Annabel percebeu que se achava no meio de uma estrada asfaltada. Era ladeada por árvores, latas vazias e garrafas partidas. Uma dessas, a responsável pelo seu ferimento. Uma placa de metal enferrujada anunciava: Rota 65. Imaginava em que lugar poderia estar e, principalmente, como poderia sair dele. Foi quando deu o primeiro passo para analisar melhor a placa, que tudo aconteceu...

Um facho potente de luz atingiu seu rosto. Pneus gritando à medida que se arrastavam no asfalto, preenchendo o ar com fumaça e cheiro de borracha queimada. O som alto de uma buzina. Algo muito grande se desviando por pouco e saindo da estrada para embrenhar-se no matagal.

Annabel não conseguiu se mover por causa do tamanho de seu susto. Limitou-se a olhar o velho carro enfiado no mato. Era um modelo de automóvel antigo e de formas retangulares. O colorido vermelho brilhava forte. Suas rodas eram grandes e seus pneus tinham uma listra branca.

— Ei, você está bem? Putz, isso foi um baita susto! — Era uma voz arrastada e cheia de uma energia peculiar.

A silhueta finalmente aproximou-se o suficiente para ficar bem visível. Isso quase fez com que Annabel gritasse de susto novamente.

À sua frente encontrava-se uma grande raposa em pé sobre duas patas. Vestia calças jeans surradas e sujas. Sapatos desgastados, uma camisa branca e uma jaqueta preta de couro. Os pelos da cabeça estavam penteados para trás e brilhavam por causa de algum gel usado.

Annabel sabia bem que essa era somente a primeira das muitas coisas estranhas por vir.

A raposa cessou de falar abruptamente. Parecia estar tão surpreso quanto a garota.

— Inacreditável! — Exclamou. — Pensei que nunca mais fosse ver um de vocês... Imagine só quando eu contar pro pessoal do Sul.

— Quem — Annabel estava preste a perguntar *o quê*, mas achou que estaria cometendo uma falta de educação — é você?

Ele estendeu a pata e respondeu:

— Eu sou Dean Chinaski, ao seu dispor. Um cara qualquer que tem muita vontade de ir pro Sul curtir as garotas, o sol e as coisas interessantes da vida. A propósito, o que você faz sozinha por aqui no meio da noite? Perdeu-se da sua galera?

Ele ficava gesticulando sem parar e dizia tudo num único fôlego ininterrupto de excitação. Annabel concluiu que ele era doido. Gostou dele. Pensou nele como um sujeito que nunca bocejaria.

Annabel analisou por um instante e viu que não seria ruim pedir informações. A raposa já se colocava dentro do mato na tentativa de retirar o carro. Dean Chinaski sentou-se ao volante e tentou dar a partida. Levou um tempo para que o motor começasse a ressoar em alto som. Quando o veículo se encontrava novamente na estrada, Annabel aproximou-se da janela e disse:

— Preciso encontrar uma coisa importante.

Dean Chinaski ajeitou sua jaqueta e respondeu:

— Pelo visto você está tão fora de rumo quanto eu... O que acha de conversarmos melhor numa lanchonete? A fome é cruel e deixa meu cérebro que nem gelatina.

Annabel ponderou sobre as suas possibilidades e elas não eram ilimitadas. Decidiu arriscar a sorte e aceitar a ajuda.

— Tudo bem... O meu nome é Annabel.

— É isso aí! — Disse ele, animado. — Pé na estrada. Cai dentro.

Annabel abriu a porta e sentou-se colocando o cinto de segurança. Um segundo depois, fumaça escapulia do cano de descarga. Assim, eles se deslocaram Rota 65 afora.

Dean Chinaski ligou o rádio do carro e a sonoridade do *bebop* se espalhou. Ele balançava a cabeça como que possuído pela música. Marcava o ritmo da canção tamborilando os dedos no volante e assoviava as longas e quebradas notas.

— Ah, escuta só esse sax, isso é música! Droga! Isso sim é música. Nós vamos parar na próxima lanchonete e lá vamos ver o que se pode fazer da sua situação. Tem algumas cervejas aí debaixo do banco, se você quiser.

— Eu não posso beber, o meu pai me mataria.

— O seu pai está aqui agora?

Dean Chinaski colocou o pé na tábua. Cento e vinte quilômetros por hora e subindo. A garota ficou assustada. Mas não o suficiente para recusar a oferta.

Capítulo sexto

A garota, os Intocáveis e o Reino da Terra Morta

A PRIMEIRA COISA que Sarah fez foi abraçar os joelhos e chorar. Não ousou levantar a cabeça e olhar ao redor. Nunca soube por quanto tempo ficou assim. Foi tempo o suficiente para que seus olhos ficassem vermelhos e ardidos. Era uma noite fria e os menores ruídos lhe causavam terror. Ela murmurou pedidos de ajuda que não resultaram em nada.

Admitindo a inutilidade de permanecer daquela maneira, ela ergueu a cabeça para ver o que se passava. À sua frente estava uma muralha e um enorme portão gradeado de ferro. Dois guardas estavam a postos. Eram figuras encurvadas e vagamente humanoides. As pernas tortas ostentavam coturnos surrados e sujos. Seus braços negros eram longos e terminavam em um conjunto de três garras afiadas que se chocavam produzindo um ruído irritante. Suas cabeças pequenas estavam ocultas sob bizarras mascaras de gás. Cheiravam a decomposição.

Sarah levantou-se. Tremia e não ousava se aproximar das criaturas imóveis. Respirou fundo e buscou coragem. Antes mesmo de dar o primeiro passo notou que o salto de seu sapato havia se partido. Praguejou por isso e retirou ambos.

— Com... Com licença. Poderiam me ajudar?

Sem resposta.

— Ei!

Nada.

— Eles não respondem a forasteiros... Não, eles não... Deve ser falta de jujubas no sangue.

Do outro lado do portão estava uma garota. Ela tinha o rosto pintado em preto e branco. Parecia não ter mais do que dez anos. Seus cabelos eram curtos e loiros com um lenço vermelho de adorno. Grandes olhos castanhos. Não tinha sobrancelhas, mas algumas linhas pintadas. Seus movimentos eram desajeitados. Os lábios formavam uma linha suave. Suas pulseiras tilintavam quando ela se mexia. Usava um par de meias listradas e um vestido xadrez. Ela piscava bastante e mastigava alguma coisa.

Sarah viu aí uma chance de pedir ajuda e não hesitou:

— Por favor, me ajude!

A garota a fitou em silêncio. Sarah pensou que ela fosse se recusar, mas por fim sorriu largamente e falou:

— Intocáveis, deixem a moça legal-legal entrar, sim? Sabia que se você perder sua última esperança você vira um deles?

Os guardas então empurraram o portão e deixaram que a garota entrasse.

— Oi, o meu nome é Beatrice. Você sabe soletrar "lânguido"? Eu não.

Sarah segurou no braço da menina e em tom quase histérico apelou:

— Você precisa me ajudar! Não quero ficar aqui nem mais um minuto. Eu quero voltar para casa. Qual é o caminho?

A menina ergueu os ombros num claro sinal de que nada sabia.

— Depende de onde você veio. Os caminhos para voltar sempre se parecem com aqueles que se usam pra vir. Talvez você possa perguntar à minha mãe, ela sempre sabe tudo. — Começou ela a dizer. — É provável que ela dê algumas dicas. Já que somos amigas de infância, você precisa saber algumas coisas. Eu não gosto de hambúrgueres, eles quase me deixam deprimida. Sei lá, talvez seja o molho especial...

— Leve-me até sua mãe. Os meus pais têm bastante dinheiro, eles poderão recompensá-la.

Beatrice deu pouca importância ao que a outra havia dito. Já ia saltitante pela rua de pedras assoviando uma canção.

— Garota, não me ignore!

Beatrice sorriu e respondeu:

— Ora, eu não estou te ignorando, não estou nem mesmo pensando em você. Cuidado ao falar dessa maneira, as pessoas podem pensar que você é rude e não está feliz.

— Mas é claro que eu não estou feliz!

— Não fique falando isso em voz alta... Olhe! Estão tocando uma música nova.

Uma grande cidade se mostrava à frente. As casas eram feitas de madeira e tinham formas angulosas e estranhas. As ruas estavam repletas de neblina e figuras que caminhavam por ali. Havia várias bandeiras coloridas – vermelhas e pretas – penduradas e a música estava em todo lugar. Uma placa pendurada numa árvore dizia:

"Bem-vindo a Allegria!"

Começaram então a andar pela longa avenida e cada passo era uma surpresa. Relógios derretidos estavam nas calçadas e outros lugares. Havia barracas de tiros e outras atrações, como palhaços e mágicos, vendedores de balões e cuspidores de fogo. Num canto havia um palco improvisado onde homens com sanfonas, violões e castanholas tocavam fora de tom. Perto havia um círculo dançante.

Os habitantes da cidade eram bizarros e pareciam deveras envolvidos com essa celebração. Os homens usavam sorridentes máscaras brancas em forma de bico, casacos largos e capas de seda sobre os ombros. As mulheres deslumbravam em alegres estampas, lenços multicoloridos e corpetes de couro. Em quase todos os postes havia ao menos um cartaz com a foto de uma velha gorda com lábios borrados de batom vermelho e a seguinte legenda: "GIOCONDA VÊ VOCÊ! VOCÊ ESTÁ FELIZ?"

Enquanto caminhavam por entre uma marcha de soldadinhos de chumbo, bailarinas e uma tempestade de bolhas de sabão, Sarah perguntou:

— O que vocês estão celebrando ?

— Hoje é o dia *daquela-coisa-sem-nome*. Você sabe do que estou falando. É quando você fecha os olhos e chupa o dedão do pé ao mesmo tempo, sem ninguém estar vendo...

Então, pararam diante de uma casa que ficava em uma esquina. Era uma coisa branca e vermelha de dois andares. Janelas grandes enfeitadas por vasos de margaridas. Uma construção torta que fez com que Sarah imaginasse por que ainda não havia caído.

— Eu moro aqui. — disse Beatrice, que então olhou bem fundo nos olhos de Sarah e acrescentou: — Mamãe talvez lhe ofereça uma torta, não coma.

— O quê? — exclamou Sarah, que entendia cada vez menos a outra garota.

Mas não obteve resposta. A garota já havia aberto a porta e entrado. Sarah suspirou e foi atrás.

PARTE II
CAMINHOS ESTREITOS

Interlúdio

Outras coisas dentro da história...

O nome da família do meu pai era Lee. O meu nome de batismo é Annabel... Eu poderia continuar brincando de Charles Dickens aqui, mas vocês ficariam entediados. E como você, minha querida professora, me pediu (*obrigou!*) para escrever essa porcaria de redação do tipo *de-onde-vim-para-onde-vou*, tentarei fazer isso da maneira mais breve e menos dolorida possível.

Senhoras e senhores, meninos e meninas... Eu sou encrenca, vou logo avisando! Uma versão feminina e malfeita de Charlie Brown.

Sou muito sentimental em algumas circunstâncias e muito fria em outras. Sei ouvir as pessoas, pensar como elas, compreender o que dizem e até me comover, mas não mudo de opinião caso ache que estou certa e não consigo disfarçar o que estou sentindo. Sei lá, acho que de vez em quando não consigo acompanhar minha própria linha de raciocínio e fico realmente confusa com tudo e todos.

Eu tenho dificuldade em chegar perto das pessoas e conversar, conhecê-las e até me relacionar com elas. Sou séria, caseira ao extremo e dificilmente falo sobre os meus sentimentos (ou não). Sou calma, mas, quando preciso, sei ser brava – e na maioria das vezes basta um olhar para a pessoa perceber que não gostei do que ela disse ou fez.

Por eu ser tranquila e até "seca" diante das situações, isso leva as pessoas a pensarem que não me importo com o que está acontecendo, e, por eu ficar na minha, chegam a pensar que não quero me sociabilizar; mas acredito que não sou obrigada a gostar das pessoas, ficar abraçando e conversando.

Sou obrigada a respeitá-las e não trato (quase) ninguém mal nem com cara feia (a não ser que deem motivos para isso).

Tenho minhas manias estranhas, não sou supersticiosa, tenho pânico de multidão, não gosto de ir a funerais e casamentos. Gosto de atitude e se às vezes isso me falta é porque não tô a fim de tê-la. Detesto o meu aniversário assim como o Natal.

Gosto de All Star e calça jeans. Prefiro esmalte escuro e o cabelo "assumido". Gosto de *piercing* e tatuagem. Ler. Escrever. Jogar videogame. Tocar guitarra. Sou chocólatra, amo sorvete e como até bem... Só que às vezes depende do dia, de onde e de como estou!

Não me agrada quando uma conhecida fala: "Meu amigo quer te conhecer e ele é um gatinho! Conversa com ele." Ou então surge um idiota e pergunta: *"Posso ti cunhecê, bunequinha?"* Só de a coisa começar assim, eu vejo que não vai prestar... Tem que ter sentimento e acontecer naturalmente. Tratar uma pessoa bem não significa estar a fim dela! E eu dificilmente me interesso por alguém a ponto de beijá-lo, etc.

Primeiro encontro ideal: sempre acontece de torcer o pé, quase cair em um buraco, pisar no pé do outro, tropeçar em uma pedra, chover horrores e a sombrinha quebrar... Ou então o de sempre: as pernas ficam bambas, as mãos suam, os olhos brilham, as bochechas ficam vermelhas, o coração dispara e dá um frio na barriga.

Fico vermelha com qualquer coisa e não aguento pessoas inconvenientes que gostam de aparecer, cínicas, mentirosas e que tentam me enrolar. Também não gosto de pessoas que só reclamam mas não fazem nada para que as coisas melhorem... Isso é comodismo!

Odeio quando as pessoas acham que devo pensar e agir como elas. Não é bem assim! Odeio comparações. Nada (nem ninguém) é igual para ser comparado com isso ou aquilo. Não chegue a minha casa sem avisar. Surpresa boa mesmo é quando me dão chocolates sem que eu peça ou espere.

Não gosto de ganhar flores — principalmente em datas comemorativas —, esse não é um presente que me agrade. Se tenho algum objetivo para o futuro? Sim. Quero e vou aprender a jogar *pump*! Sei que meu "controle motor" não é nem um pouco bom pra isso, mas... E daí? Hei de conseguir. Cismei com essas máquinas de dança!

Ah, e corto as coisas de repente, assim do nada. Acabou! Volte quando quiser, mas talvez eu já tenha ido quando você voltar.

E no fim das contas pode ser que nada disso seja verdade...

Capítulo sétimo
Ferlinghetti's Café

PARARAM NO *FERLINGHETTI'S CAFÉ* vinte minutos depois de terem se encontrado. Era um lugar pequeno e simpático onde viajantes faziam uma pausa antes de seguirem viagem. Quando a dupla chegou havia pouco movimento. A chuva começava a cair.

Annabel e Dean entraram correndo na lanchonete. Era limpa e cheirava bem. Uma família de castores em férias sentava-se numa das mesas ao canto. Um grupo de cães motoqueiros bebia cerveja num dos bancos rentes ao balcão. Um porco engravatado colocava moedas numa *jukebox*. Era padre e mantinha sua maleta perto de si. A dupla sentou-se numa mesa perto da entrada.

—*Olá,* eu adoro esse lugar, e sempre que apareço por aqui fico tendo umas ideias muito malucas sobre quando eu ficar velho que nem meu pai ou meu avô, uma vontade de abrir uma pizzaria na beira de uma praia, *oh sim*, eu tenho vontade...

Annabel ouvia aquilo que a raposa contava repleta de excitação e gestos quando uma gazela veio perguntar o que queriam. Era esguia e extremamente estúpida. Pediram bombas de creme e bolos com glacê, e também dois refrigerantes.

Na medida em que conversavam ela descobriu mais sobre a estranha figura ao seu lado. Dean Chinaski podia ser incluído num tipo específico de grupo: aquele com o qual seus pais não gostariam de lhe ver acompanhada. Um grande vigarista que sabia o que era e aceitava isso muito bem. Jogador inveterado que se envolvia nas mais diversas trapaças, não porque fosse um sujeito ruim, mas porque essa era a melhor saída para conseguir coisas que de outras maneiras não conseguiria.

Trapaceiro. Sim. Dean Chinaski era uma espécie de Santo Trapaceiro ou um guru iluminado dos vagabundos. Transformava a mais desinteressante história duma briga de bar em epopeia brilhante.

Ele havia nascido no dia vinte e nove de agosto numa família conservadora e inexpressiva. Com o passar do tempo e sem nenhuma razão aparente, acabou tomando o caminho errado na vida. Quando completou dezoito anos mudou-se para uma nova cidade no interior e começou a sair com tribos urbanas de péssima reputação. Seus pais, não mais tolerando aquilo que consideravam rebeldia irrefreável, expulsaram-no de casa. Foi quando aprendeu aquilo que seria seu mantra pelo resto da vida: *quando não se tem lugar para onde ir, pode-se ir a qualquer lugar.*

— E quanto a você, guria, o que aconteceu contigo?

— Preciso encontrar uma certa flor chamada Amor-Perfeito. — Em seguida, contou com poucas palavras tudo o que havia acontecido, desde o momento em que sua irmã fora levada até o instante em que quase fora atropelada por ele.

Dean Chinaski ajeitou sua jaqueta e respondeu:

— Bem, eu não sei nada sobre essa flor, mas conheço um cara que pode descobrir isso. Op Spade, o melhor detetive particular por essas bandas. Eu trabalho para a figura e, caramba, posso até apostar cinquenta pratas que não existe ninguém igual... Posso levá-la até o escritório dele, se você quiser.

— Eu não tenho como pagá-lo. — Respondeu Annabel, começando a se preocupar.

— Acho que ele não cobraria de você, caso aceitasse o seu caso, ele adora casos intrigantes. O único galho é que, desde que a família dele foi assassinada no ano passado, ele tem aceitado poucos casos, só o suficiente para pagar as contas e não morrer de fome. Eu faço serviços pequenos como entregas, vigilâncias noturnas, e verifico informações de documentos obscuros para ele. Não rende muito, mas é o suficiente pra ficar legal sexta à noite.

— Entendo. Dean, quando nos encontramos, você disse algo acerca de haver outros como eu, não é?

— Sim, mas estão em extinção. São realmente selvagens e a maioria não sabe nem mesmo se comunicar, aqueles que vivem na cidade são animais de estimação ou comida na maioria das vezes. São caros e para possuir um de vocês é preciso ter uma licença do governo.

Tudo isso deixou Annabel visivelmente chocada. É impossível saber se Dean Chinaski havia notado isso quando deixou um punhado de moedas sobre a mesa e a chamou para ir embora. Ele não explicou por que subitamente ficou com tanta pressa. Entraram no carro e saíram rapidamente dali. O dono da lanchonete, suando e blasfemando, tentou correr atrás. Não conseguiu muita coisa. Em todos os sentidos. As moedas de Dean eram menos da metade do valor da conta.

— Hoo! Ypee! Hoo! — Gritava a raposa com toda sua energia de delinquente juvenil. — Cara, eu sou demais mesmo! Oh, você viu como aquele tio saiu correndo? Sim, caramba, sim...

Annabel encostou a cabeça no vidro da janela e observou as gotas de chuva caindo mais fortes, pontilhando o para-brisa e os retrovisores. Estava assustada e imaginava se seria capaz de ir até o fim dessa encrenca.

O embalo de um *rock 'n' roll* no rádio e o sacolejar do carro começaram a deixá-la sonolenta. Seus olhos já se encontravam semifechados quando de repente a excitação na voz de Dean Chinaski foi substituída por preocupação.

— Problemas! Salte para o banco de trás, rápido... Tem um sobretudo debaixo do banco, cubra-se com ele.

Annabel tornou-se alerta imediatamente. Sem hesitar, tratou de fazer o que lhe fora pedido, saltando imediatamente para o banco traseiro. Através do vidro pôde ver um carro preto que se aproximava em alta velocidade e com a sirene ligada. Um braço fazia sinal para que o veículo fosse encostado.

Polícia.

Capítulo oitavo

Sorria! É o fim do (seu) mundo!

A CASA, INTERNAMENTE, era extremamente limpa e iluminada. Cheirando a desinfetante. A decoração, variada e de tons fortes. A pele de um urso servia de tapete, e Sarah ficou com medo ao ver a cabeça dele se mexer para olhar os que chegavam. Uma prateleira estava repleta de corvos empalhados que cantavam músicas natalinas. Os móveis eram antigos e alguns estavam quebrados. Numa parte da sala estava uma velha bicicleta rosa. Sarah detestou o lugar.

— Melancia. Estou com vontade de comer isso com ketchup no jantar. Venha! — chamou Beatrice. — Mamãe provavelmente está no escritório.

— O melhor para mim é ir embora... Estou com medo. — disse Sarah.

— E quem ajudaria você, então?

Não houve resposta.

Sem nenhuma outra solução à vista, Sarah a seguiu por um corredor estreito, a madeira rangendo a cada passo. Caminharam até a porta fechada no fim do corredor ao lado de um pequeno banco de espera. Duas vozes exaltadas e furiosas alcançavam o corredor.

A porta verde se abriu com violência e um homem alto e muito gordo saiu apressado. Era pálido e seu rosto estava suado e enrubescido. Ao passar não notou as duas meninas apesar de quase derrubá-las. A porta estava entreaberta.

— Espere aqui, vou lá ter uma conversa legal-legal com mamãe. Acho que ela vai te ajudar, sim. Ela faz parte da *Sociedade Social*. Isso deve contar alguma coisa, não?

— OK. — foi a única coisa que Sarah conseguiu responder.

Observou Beatrice entrar cruzar a porta e fechá-la atrás de si. Sentou-se no banco e começou a chorar, cheia de soluços. *É tudo culpa da Ann,* pensava amargamente, *se ela não tivesse entrado naquela porcaria de lugar eu não estaria aqui agora.* Estava ainda remoendo seus pensamentos quando esbarrou num papel que estava sobre o banco. Começou a lê-lo com os olhos marejados de lágrimas.

Era uma pequena história em quadrinhos com o título de *O importante é ser feliz.* Mostrava um pequeno grupo de ursinhos de pelúcia em cima de nuvens. Eram tristes e sem cores. Uma torta cai então do céu e todo mundo passa a ficar colorido, cheio de contentamento, corações e doces. Somente um ursinho permanece em preto e branco, triste num canto, aquele que não comeu da torta. A história terminava com a frase: "Não ameace a felicidade mundial. Coma a torta!"

Após vinte minutos angustiantes a porta abriu-se e Beatrice apareceu.

— Bom-bom-bom. Convenci minha mãe a conversar com você. Pode entrar.

Sarah fez um sinal afirmativo com a cabeça e entrou na sala.

Quis sair quase que imediatamente. Uma sala sem janelas e mofada. Todas as coisas organizadas e etiquetadas, desde cinzeiros até calendários. A mãe de Beatrice a observava de trás de uma mesa. Era a mulher que vira anteriormente nos cartazes da cidade. Os cabelos loiros, curtos e encaracolados, e fixos olhos castanhos cheios de um brilho indescritível. Seus dedos eram curtos e roliços, suas unhas quadradas pintadas de laranja. Os dentes amarelos à mostra atrás da boca borrada de vermelho. Usava uma longa e rodada saia azul com pinturas brancas e um colar com uma pedra verde pendurada no pescoço.

Mas a coisa mais assustadora da cena era a criatura que observava o desenrolar de tudo. Uma enorme barata metida num surrado casaco cinza com chapéu-coco, fumando um longo cigarro e movendo suas patas esqualidas. Olhava com vivo e pouco disfarçado interesse.

— Então você é a garotinha perdida. — Começou a mulher. — Eu sou Gioconda, a prefeita desta humilde cidade. Este é meu mordomo e tesoureiro, Yorba Klopstock. Tenho certeza de que será muito feliz aqui pelo resto de sua vida.

A barata gigante se aproximou de Sarah jogando fumaça em seu rosto.

— Yorba tem certeza de que a adorável madame está certa. — Falava numa voz que era um sussurro. — Ele considera sua senhora sinceríssima em suas afirmações.

Sarah desviou-se daquilo e deu um passo à frente para dizer:

— Eu não quero ficar aqui pelo resto da vida! Vim justamente pedir para que você me arrume uma saída. A única coisa que quero é ir para casa. Diga-me, qual é o seu preço?

Gioconda e Yorba se entreolharam e um segundo depois explodiram em gargalhadas retumbantes. A barata foi a primeira a falar:

— Yorba vai te explicar uma coisa. Você não irá embora. Não há saída, só entrada. Acredite em seu amigo, ele sempre diz a verdade veríssima.

Sarah começava a ficar irritada com a maneira em que a criatura dizia tudo na terceira pessoa e com superlativos. Gioconda prosseguiu:

— Você não irá embora, acabou. De hoje em diante viverá em nossa cidade, rodeada por pessoas pacíficas e cheias de boa vontade. Eu estarei cuidando de você o tempo todo. — Ela abriu uma gaveta e tirou uma torta vermelha e uma faca dali. — Coma um pedaço, isso vai te deixar pra cima.

"*Mamãe talvez lhe ofereça uma torta, não coma*". A voz de Beatrice soou em sua cabeça, lembrando-a do aviso.

— EU NÃO QUERO NADA! QUERO IR EMBORA! — Gritou, tomada pelo pânico e pela raiva.

Houve um longo minuto de silêncio.

— As pessoas sempre reagem assim, cheias de agressividade, pela primeira vez, mas no fim todos comem a torta e ficam afortunados. — Disse a barata. — Siga as palavras do bom Yorba, são cheias de veracidade...

Não concluiu o que estava dizendo pois Gioconda levantou-se num salto e quando as palavras saíram de sua boca eram berros cheios de fúria que faziam o chão tremer.

— Garota estúpida! Tentei ser boa aqui, mas você é uma daquelas que devem aprender da maneira mais difícil... — Então continuou em tom mais sereno: — No mês passado Hannah, a empregada, morreu. De hoje em diante o lugar de arrumadeira nessa casa é seu.

Sarah riu com ar de deboche e respondeu:

— Não posso ser arrumadeira. Acho que está bem evidente que não sou esse tipo de garota.

Gioconda achou muita graça em tudo aquilo que a garota dissera. Quando respondeu, foi em tom de pilhéria:

— Você será o tipo de garota que eu a mandar ser. Fará isso e acabou-se. Para o benefício de seu próprio espírito. — Foi dizendo a mulher — Aposto que não saberia se virar na vida se ficasse só, mas agora isso chegou ao fim, é hora de você caminhar sobre suas próprias pernas... Antes que eu me esqueça: você não terá salário.

Sarah a olhou, cheia de raiva, e tentou sair correndo, mas a enorme barata já estava na porta antes que desse o primeiro passo. O monstruoso inseto riu.

— Yorba vai te mostrar o seu quarto. — Disse a barata, soprando fumaça no rosto da menina, que começou a tossir.

Sarah voltou a olhar encolerizada para a mulher atrás da mesa.

A sala então caiu num silêncio. E assim permaneceu por um longo momento. Por fim os olhos de Gioconda encontraram os seus. O que a velha falou provou a Sarah que não adiantaria berrar ou espernear, correr ou chorar ali. Ela simplesmente disse:

— Sorria.

E foi assim que aconteceu de Sarah tornar-se uma empregada não assalariada.

Ela não sorriu.

Capítulo nono

Tiros no escuro

— NÃO CHAME A ATENÇÃO! — Alertou Dean Chinaski.

Ela nada respondeu.

A viatura policial estacionou logo atrás deles, os faróis iluminando o veículo à frente. Annabel ouviu quando a porta do outro automóvel foi aberta e logo em seguida fechada com força, e também ouviu os passos que se aproximavam sob a chuva. Duas pequenas pancadas no vidro do lado do motorista.

Dean Chinaski desceu o vidro.

— Olá senhor guarda, algum problema?

— Você ultrapassou o limite de velocidade, filho. Por essas bandas eu faço questão de que as leis sejam respeitadas. Documentos.

Dean Chinaski abriu o porta-luvas e tirou sua carteira de lá, em seguida apresentou seus documentos ao oficial, que os olhou demoradamente. Annabel sentia o seu coração bater num ritmo frenético, mas o que fez com que quase parasse de bater foi a seguinte pergunta:

— O que você tem aí ?

Annabel ouviu a tentativa de Dean Chinaski em manter a voz firme.

Sem sucesso.

— É... É a minha irmã mais nova, ela adormeceu enquanto voltávamos de uma festa...

— Então acho que não vai se importar caso eu dê uma olhada.

Annabel recebeu aquilo como um golpe violento no estômago.

— Acho melhor não incomodá-la, ela sempre acorda de mau humor. — Falou Dean.

— Saia do carro com as mãos na cabeça e debruce no capô, moleque! — Ordenou o oficial da lei, sem clemência. — Eu conheço muito bem o seu tipo: mal saem das fraldas e dirigem bêbados por aí, atropelam senhoras indefesas e fogem pensando que não serão tocados pela lei.

— Você não está entendendo...

— Cale a boca e saia logo.

E foi então que a garota escutou a raposa, sem nenhuma alternativa, sair do carro. Annabel prendia a respiração no mesmo instante em que Dean Chinaski colocava suas patas sobre o capô. O oficial postou-se se parcialmente dentro do carro e a cutucou levemente em seguida.

— Acorde, o sono acabou, docinho.

A garota permaneceu sem fazer movimento algum, na esperança de que ele simplesmente desistisse de verificar o que havia ali.

Mas...

— Eu nunca repito a mesma... — Começou a falar e jogou o sobretudo para o lado com força. Ao ver o que havia ali, não conseguiu terminar o que dizia.

Annabel não conseguiu evitar que uma onda de tremor se espalhasse por todo seu corpo. Ali se encontrava uma enorme hiena trajada com o uniforme escuro da polícia. O distintivo dourado brilhando no peito, um revólver enfiado no coldre preso à cintura e dois olhos ferozes e malignos. Uma combinação e tanto.

A hiena olhou para a raposa e falou:

— Está mais encrencado do que pensa. Depois dessa, o que sobrar de você será enviado à sua mãe numa caixa de fósforos. Tráfico de humanos! Detesto pessoas que sujam a sociedade com esse tipo de coisa. Como se já não houvesse problemas o suficiente sem que esses lixos fossem trazidos do mato.

Annabel começou a se mexer pensando na tentativa de escapar pela outra porta, mas logo os olhos escuros estavam de volta.

Aconteceu.

Em menos de sessenta segundos.

Um longo e perigoso minuto.

Annabel viu que Dean Chinaski observava a conversa que se desenrolava entre ela e o policial. Também notou que ele aguardava um descuido. Quando teve certeza de que os pequenos olhos escuros não estavam sobre si, retirou lentamente as mãos de onde se encontravam e deu um passo à frente.

Parou para observar se havia alguma reação por parte do outro.

Nada.

A raposa cerrou os punhos.

A hiena percebeu a presença ao seu lado e virou-se.

Dean imediatamente desferiu um soco intenso contra a mandíbula do oponente, que foi jogado para trás. Annabel Quase pôde sentir o choque violento repleto de dor. Observou quando Dean Chinaski empurrou seu ombro contra o policial, que foi ao chão e o levou consigo.

Uma sensação de náusea atingia Annabel ao vê-los rolando no asfalto molhado, desferindo socos e mordidas entre rosnados e urros. A garota tateou o assoalho em busca de alguma coisa que pudesse ser útil. Lembrou-se das garrafas de cerveja, mas nada além de poeira estava ao seu alcance.

Ainda estava tateando quando ergueu a cabeça e viu a hiena sacar sua arma.

A briga continuava. Dean Chinaski e o policial se encontravam engalfinhados enquanto projéteis eram disparados ao acaso. Um deles passou a dois centímetros da cabeça de Annabel e estourou a janela, espalhando estilhaços sobre o banco e o chão.

A garota encontrou uma garrafa rolando, pegou-a, e, num salto, saiu do carro.

Num rápido golpe de sorte Dean Chinaski tomou o revólver do policial e deixou que caísse. Annabel aproveitou a oportunidade para aproximar-se e, quando obteve a certeza de que o outro estava distraído, reuniu todas as suas forças e despedaçou a garrafa contra o crânio da hiena, que foi ao chão. Um horrendo berro cheio de dor rasgando o ar.

A raposa apanhou a arma no chão e com uma selvageria brutal golpeou o policial usando a coronha do revólver. Não parou até que a forma ensanguentada debaixo de si estivesse desacordada.

— Você está bem? — Perguntou a menina cheia de preocupação. Respirava de maneira descompassada e um calor escorria por todo o seu corpo, corando seu rosto e fazendo com que o suor colasse sua camisa às costas. Ela observou Dean Chinaski, sua camisa branca estava agora tingida de vermelho e um rasgo havia se aberto em sua jaqueta, um filete vermelho escorria e deixava um rastro atrás de si que logo era lavado pela chuva.

— Só quero... Dar o fora daqui.

— Ele está... — Insinuou Annabel.

— Morto? Não, só está apagado, o máximo que irá lhe acontecer será uma forte dor de cabeça quando acordar. Vamos... Não temos... Arrgh!... Muito tempo.

Dean Chinaski entrou no carro e deu a partida no motor, a garota foi logo em seguida. Começaram a se afastar dali o mais depressa possível. A chuva começou a cair mais forte enquanto trovões estouravam nos céus.

— Ah, droga! — Murmurou Dean.

Quando a garota o olhou, entendeu de imediato o que isso queria dizer. Enquanto rolavam pelo chão e o policial atirava a esmo, uma bala lhe penetrara o estômago. Ambos sabiam que de agora em diante seria somente uma questão de tempo até que Dean Chinaski se tornasse presunto.

Uma placa anunciou: *Kerouac – 5 km.*

Capítulo décimo

O dia que tremeu e cambaleou

SARAH CONHECIA A HISTÓRIA de Jó, o homem mais azarado dentre todos. À determinada altura ele diz que tudo aquilo que temia havia lhe sobrevindo e o que receava acontecido. A garota pensava a mesma coisa, mas estava enganada. Temia somente metade daquilo que realmente viria e receava por menos do que de fato aconteceria.

— Acorde! — Berrou Yorba, jogando roupas amarrotadas em sua cara. — Caso contrário irá trabalhar de estômago vazio. Vista o uniforme.

Aquilo que seria seu quarto era um cubículo apertado e precário, sem janelas, úmido e cheirando a mofo. Sua cama era uma prateleira feita de ferro e os únicos luxos eram o lençol para se cobrir e uma almofada. Levou um minuto ainda para se lembrar onde estava e, quando o fez, o primeiro sentimento identificado dentro de si foi pânico.

Sarah fez um esforço enorme para se levantar e vestiu a roupa dada enquanto ouvia os passos de Yorba se afastando. Era um vestido azul escuro e um avental branco rendado. Quando chegou à cozinha viu duas mulheres vestidas como ela e conversando em tom de grande animação. Ao verem-na, as duas pararam de conversar e olharam. Sorriam.

— Você deve ser a garota nova. Eu sou Lucretia. — Começou aquela de cabelo castanho. — Tenho certeza de que você será muito feliz aqui. Pode contar conosco para o que precisar.

— Sim, nós acreditamos no trabalho em equipe. — Continuou a outra cujo cabelo era ruivo e o nome era Nemessis.

— Sobre os afazeres, hoje faremos uma faxina na casa e, pelo fato de ser seu primeiro dia, deixaremos você com as tarefas leves. Você será responsável por varrer e encerar as salas, limpar os cinzeiros, lavar os pratos, passar as roupas da Madame, pegar tudo o que está no varal, tirar poeira dos móveis e limpar a mesa após as refeições. Mas não se preocupe, pode tomar seu desjejum primeiro.

Sarah olhou estupefata para as duas mulheres e falou:

— Não posso fazer isso. Vocês não estão entendendo: eu não sou uma empregada, estou aqui por engano! Não quero trabalhar.

Lucretia sorriu e respondeu:

— Não diga isso, o trabalho dignifica o ser humano. Eu comecei a trabalhar aos doze anos de idade. — Demonstrando certa irritação, ela finalizou: — Não seja mimada, aqui nós somos humildes de coração.

Sarah viu que não haveria escapatória. Sentou-se então para comer aquilo que elas chamavam de café da manhã. As lágrimas vieram de novo. Uma tigela de sopa rala, feita de água e cascas de batatas e nabos, e um pedaço de pão preto duro, além de uma fatia da torta vermelha. Excetuando-se a torta, que permaneceu intacta, engoliu tudo com caretas de nojo.

Depois disso não teve mais nenhum minuto de sossego. Varrer as salas mostrou-se uma tarefa árdua e dolorosa. Suas mãos macias e pouco acostumadas ao serviço braçal logo começaram a coçar e a ficar doloridas. O que não melhorou quando passou a encerar usando um pano encardido e carregar baldes de um lado para o outro.

A cada quinze minutos, Yorba passava em revista e criticava alguma coisa. *Você pode fazer melhor, mesmo sendo empregado pense pelo seu patrão,* dizia ele. E mal havia Sarah terminado de lavar os cinzeiros, lá estava ele abarrotando-os novamente.

Nesse momento Beatrice estava chegando em casa após ter ido para a escola, mas deteve-se ao ver Sarah. Abriu a boca para dizer alguma coisa, porém montou novamente em sua bicicleta e saiu em disparada rua abaixo sem se dar ao trabalho de fechar a porta. Sarah achou melhor que tivesse feito isso, culpava-a por estar passando por aquela situação. Passou os dedos por sobre a palma da mão. Os calos começavam a brotar.

As tarefas foram se sucedendo e pareciam não ter fim. No andar de cima podiam ser ouvidos os gritos de Gioconda, proferindo pragas terríveis contra qualquer coisa que pudesse irritá-la, desde a falta de nuvens no céu até o fim do fumo aromatizado de seu narguilé.

Quando Lucretia e Nemessis terminaram todos os seus afazeres, Sarah ainda estava na metade dos seus. Por sorte as duas outras empregadas se compadeceram de sua situação e ajudaram-na a terminar tudo o mais, dizendo que isso as deixava contentes.

Firme o semblante, o cansaço impedia Sarah de reconhecer exatamente quem falava, *você está com um rostinho bem caído.* Ao que a outra completou: *Ela precisa de uma fatia da torta, acho que vai fazer bem.*

— Torta não... — Murmurou Sarah de maneira débil. — Torta não...

Lembrou-se do velho Jó e teve a certeza de que ele estava certo.

Não disse mais nada. As vozes começaram a ficar mais distante. A visão turvou-se. Foi ao chão antes que alguém pudesse segurá-la. A última coisa que ouviu antes de perder os sentidos foi o refrão que os corvos empalhados cantavam:

Bom dia, dia bom,
bom dia, dia, dia, bom dia!
Bom dia Allegria!

Capítulo décimo primeiro

Op Spade: detetive particular

O CHEIRO DE SANGUE pairando no ar. O carro sacolejando de um lado para o outro. Uma música qualquer tocando sem que ninguém prestasse atenção nela. Era um sentimento maluco aquele que estava viajando com eles no banco de carona. Era um elefante tentando se esconder atrás de uma pétala de rosa. O elefante branco chamado Morte. Feio, fedido e desagradável, mas ninguém fica muito tempo longe dele. Annabel sabia disso. Dean sabia disso mais do que ela.

Annabel mal observava a estrada e se limitava a olhar seus dedos entrelaçados sobre o colo. Tentava não olhar para a raposa, isso fazia com que se sentisse péssima. De acordo com a sua mente o sujeito já dava a impressão de ser um cadáver à espera de ser engavetado. Esperava-se que não batesse o carro.

A garota, sem mais aguentar a situação insustentável, disse:

— Você tem que procurar um hospital.

Dean ofegou e, então, respondeu:

— Eu até poderia, mas não iria adiantar muito a esta altura do campeonato, além disso fariam perguntas demais sobre você, e isso não seria bom. — Respirou, já não falava sem pausas como antes. — Pela primeira vez estou fazendo uma coisa legal na vida. Passei a maior parte da minha vida pulando de uma farra para outra. Se minha mãe não estivesse fazendo esforço para me esquecer, ela estaria orgulhosa.

— Você é sempre assim, um vagabundo iluminado?

A raposa deu de ombros, coisa da qual se arrependeu pois gemeu de dor, e respondeu:

— Não... Só quando estou ferido e sentindo o bafo do fim no meu pescoço, enquanto converso com uma garota sobre um súbito despertar no meio da noite.

— Isso não deve ser muito frequente.

— Não é.

— Pensei mesmo que não.

— Mas, tirando a parte da bala no estômago, até que é um negócio bacana, saca?

Estou dizendo essas coisas, minha garota prateada, porque tenho altas esperanças de que vou ficar bem com você, meu docinho! Dean desligou o rádio sem tirar os olhos da estrada e começou a falar:

— Acho melhor lhe contar algumas coisas sobre Op Spade. A primeira delas: as frases dele têm mais pontos finais do que palavras, eu espero que não se importe.

— Moro na Inglaterra e não me importo, sem problemas.

— Bem, segunda coisa: ele não vai querer te ajudar. Será necessário algo que o faça entrar no meio dessa história.

— Continue. — Murmurou Annabel.

— Como eu havia te contado antes, trabalho para o cara. Nesses últimos tempos, ele vinha procurando informações sobre algo que deseja há muito tempo, desde que sua família foi morta. Ontem eu descobri onde se encontra. Abra o porta-luvas, leia o bilhete vermelho, jogue-o fora.

Annabel leu a pequena frase sem entender exatamente o que isso queria dizer e logo a seguir atirou o bilhete pela janela.

— Dean, corrija-me se eu estiver errada, mas você quer fazer chantagem em troca da ajuda dele?

— É claro que ele não vai gostar da ideia logo de cara, mas tenho certeza de que depois vai agradecer. No fim ele é um cara legal, só que é preciso uns anos cavando o fundo do poço pra se descobrir isso. Opa, chegamos! Seja bem vinda à cidade-prodígio da sujeira.

Kerouac era uma cidade estranha e cinzenta. Repleta de becos labirínticos e sombrios, enfiados por entre prédios que se destacavam contra o céu. Restos de comida estavam espalhados pelo chão enquanto o vento frio da noite empurrava velhos jornais amarrotados. Vapores escapavam dos bueiros e perfumavam as ruas com o cheiro da podridão, que era oferecida com estardalhaço pelos anúncios em néon. Mendigos se aglomeravam pelas ruas ao mesmo tempo em que filhotes corriam em bandos roubando a carteira de desavisados. A urbe era uma velha feia e gorda, a boca aberta repleta de dentes podres. Oferecendo carinhos envenenados na horrível e encantadora madrugada. Cidade vasta. Infértil. Um bom lugar para uma bebida.

Após vagarem por algumas ruas o carro foi estacionado num beco deserto entre dois quarteirões. A raposa apontou um prediozinho e falou:

— É ali, vamos. Vou precisar da sua ajuda para subir as escadas.

— Tudo bem. — Respondeu ela e foi ajudá-lo a descer do carro, tomando cuidado para não se encostar à ferida aberta e piorar ainda mais a situação.

Empurraram a porta de madeira que deixou à mostra uma escada feita de mármore escura e rachada. Esforçaram-se por subir um pouco rapidamente, pois ambos temiam serem vistos naquela condição. Se havia uma coisa a se evitar naquele momento era a palavra "tumulto".

Enquanto passava diante de diversas portas numeradas — *101. 102. 103. 104. 105. 106.* — e subia alguns andares — *Primeiro. Segundo. Terceiro.* — Annabel lembrou-se de uma determinada cena de *A Ilha do Tesouro.* O velho e cego Pew, abandonado à própria sorte por seus companheiros piratas, tateia desvairadamente em busca de algo que possa apoiá-lo, à medida que o som do marchar dos cavalos que o pisoteariam até a morte se aproxima. Ela soube então como foram os últimos instantes dele.

Quando já imaginava que nunca encontraria o lugar certo e que a raposa morreria no meio do caminho, viu no quarto andar uma placa de latão que anunciava:

OP SPADE – DETETIVE PARTICULAR.

— É aqui... Toque a campainha. — Pediu Dean, ofegante e esforçando-se para ficar em pé.

O corredor denunciava quão velha era a construção. A pintura das paredes estava desgastada em diversas partes. O assoalho vermelho, desbotado e repleto de buracos e tocos de cigarros. Cheiro de mofo recendia por todos os lados fazendo com que Annabel sentisse vontade de coçar o nariz.

A garota tocou a campainha e aguardou que alguém viesse atender. Logo o som de passos se aproximando pôde ser ouvido.

— Sou eu. Dean! Cara, é melhor você abrir essa porta logo, estamos com um problema enorme aqui.

A porta foi aberta. A dupla adentrou o apartamento e Dean Chinaski foi deitado pela garota num sofá da maneira mais cuidadosa possível.

Annabel observou rapidamente o lugar. A mesa estava abarrotada de pastas amareladas e havia uma estátua de falcão feita de obsidiana. Quadros tortos nas paredes. As persianas permitiam a entrada de pouca luz. O espaço cheirava a nicotina. Num canto havia um cabide onde um sobretudo e um chapéu estavam colocados desajeitadamente.

Annabel ouviu uma voz rouca falar logo atrás de si:

— Perguntar como você está seria uma retórica. Como você foi baleado e como o meu apartamento tornou-se um depósito de animais são duas das perguntas menos importantes que tenho.

A adolescente virou-se e olhou para quem dissera aquelas palavras. Tentou não se surpreender. Um grande lobo negro os observava. Vestia uma camisa branca de mangas compridas, colete; a calça e os sapatos negros. Era cego do olho esquerdo, sobre o qual repousava uma cicatriz, mas, em compensação, seu olho bom era suficientemente vivo para produzir um olhar penetrante como bisturi.

— É bom saber que alguém consegue manter o humor no meio disso tudo... — Murmurou Dean.

Annabel abriu espaço para o detetive que se abaixou junto ao seu companheiro e rasgou-lhe a camisa para observar o ferimento. Após um rápido exame veio a resposta:

— Ruim. Muito ruim. Você perdeu sangue demais. Deveria ter ido ao hospital.

— Não tive tempo, cara... Dá uma força pra garota, ela é legal.

— Sou eu quem decide isso. Acho que se eu procurar a definição de "idiota" num dicionário vou ver uma bela foto sua. — Então acrescentou: — Vou te levar a um hospital.

Annabel não se sentia nem um pouco confortável diante de tudo isso. Dean sorriu de maneira banal e, esforçando-se para encontrar fôlego, respondeu:

— Você entende disso muito mais do que qualquer um aqui, meu chapa. Sabe que é uma situação sem recurso.

— Ele está certo? — Perguntou Annabel, pela primeira vez se dirigindo ao lobo. Sem ao menos olhar para ela, a criatura respondeu:

— Sim. Ele está certo. É um defunto. Ainda falante, mas já um cadáver.

— Eu... Sempre... Gostei da sua... Sinceridade. — Cada palavra era um grande esforço.

Ela observou com o coração apertado um Dean Chinaski que suava e respirava de maneira pesada e irregular. Seus olhos não mais se abriam por completo e sua consciência parecia não mais estar inteiramente presente, mas sim funcionando como ondas num incessante vai-e-vem descompassado. Annabel via tudo aquilo como um longo e interminável adeus.

Op Spade colocou-se junto ao moribundo e falou:

— Dean, antes de deixar você ir, preciso saber de uma coisa. Onde está o que mandei você procurar?

— Te pago... Uma... Cerveja... Do outro lado... Sessenta e quatro mil, novecentos e vinte e nove.

Annabel viu a raposa buscar ar de uma maneira que parecia incrivelmente dolorosa e desesperada. Tentou não deixar escapar um ruído angustiado de seus lábios, mas não conseguiu evitar. Sua cabeça pendeu para o lado e suas pálpebras se cerraram. O aroma do fim estava ali presente e levou consigo os batimentos indicadores de que algum dia houvera vida naquele corpo.

O Santo dos Vagabundos, como Annabel agora o considerava, não mais iria para o sul, não se encontraria com seus amigos, não curtiria o sol, não conheceria garotas legais, também não contaria histórias. Seu nome não seria colocado na lista de desaparecidos e em lugar algum sua foto estaria estampada. Dean Chinaski havia morrido.

Lágrimas quentes rolaram pelo rosto da garota, que se assustou quando Op Spade, num acesso de fúria, chutou uma cadeira próxima. Definitivamente, aquele não era um bom momento para apresentações formais. Annabel puxou a manga da camisa do detetive e buscou forças para poder ir direto ao assunto:

— Eu sei como conseguir o que você deseja...

PARTE III
CAMINHOS NUNCA ANTES TRILHADOS

Interlúdio

Outras coisas dentro da história...

Cara Lydia,

É impossível não pegar uma caneta e lhe contar tudo o que aconteceu ultimamente. Sabe, a minha mãe sempre fica dizendo: "Ann, compartilhe mais as coisas que acontecem com você." Acho que estou seguindo o conselho dela, né?!

Eu estava em mais um dos meus humores sombrios e Penny me chamou para ir a um show. Ela veio com um papo de que para se caminhar sobre as águas o primeiro passo é sair do barco. Ela às vezes é bem estranha, essa Penny. Quando você a olha, pensa direto em Ian Curtis adolescente ou em Juliett Lewis berrando *You're speaking my language*, não em aparência, digo, mas o *olhar*, a energia faiscante rodando por aí. E quando ela pede alguma coisa é impossível dizer não. Além disso, que mal um pouco de *Black Label Society* pode causar, tipo, o Zakk Wylde é um gato!

O lugar do show? Louco. Sonoro. Deslumbrante. Funcionando a pleno vapor, movido à euforia e delírio. Logo na entrada, cuspidores de fogo, penteados estranhos e todos devidamente uniformizados com camisas de bandas. Ali, até que eu era bem normal. Lá dentro, pessoas em todos os cantos. Caminhavam de um lado para o outro e esbarravam violentamente contra você, mas ninguém ligava para isso, pelo menos não de verdade, você fica de boa e engole a ocasião...

Eu estava curtindo muito. A *coisa* aconteceu durante um *riff* de *Fire it Up*. Eu estava no meu canto, Penny topou com a namorada dela e foi comprar refrigerante. Eu estava lá berrando e pulando como todo mundo quando senti um aperto forte na minha mão.

A primeira coisa que notei foram os olhos verdes e grandes, cheios de vida. Depois veio o sorriso meigo que disse mais coisas do que todas as palavras de um dicionário reunidas. Nos olhamos durante um certo tempo. Consegue imaginar? É como o início de uma briga entre predadores. O beijo rolou. Assim. Uma história estranha.

Lydia, minha querida, como melhor descrever um beijo?

Um soco no estômago!

Ah! Foi tão... Vibrante, confuso... Meu coração batia cheio de medo e de prazer. É algo como estar no céu e tocar o inferno ao mesmo tempo. Se você ouvir palavras de sabedoria sendo sussurradas no seu ouvido nesse instante, você as rejeita...

O ar entra queimando pelas narinas. Você engole em seco e respira mais do que o normal, como se seus pulmões clamassem por uma última golfada de ar num ambiente rarefeito. Sua testa fica quente e cada músculo tenso. Se olhar as suas mãos verá que elas tremem como alguém num ataque epiléptico. A sensação de ter uma corrente elétrica cruzando seu corpo, que agora parece ser mais pesado do que realmente é. Seus pensamentos são mais lentos do que na verdade são. Você é capaz de escutar mil palavras mas não chega a registrar nenhuma delas de verdade. Quando por um momento isso para, é logo substituído por um latejar gelado no abdômen, o sinal de que tudo volta a acontecer desde o início.

O tempo deixa de correr na direção em que normalmente corre e cada minuto se torna tão extenso quanto a idade do mundo. Tudo isso num piscar de olhos. Então acaba...

Eu poderia dizer mais um milhão de coisas, mas não seriam suficientes para repassar a amplitude de tudo. Não conheço um substantivo para nomear isso, se você souber, por favor me avise.

Está ficando tarde e estou com sono. Acho que já te contei tudo. Só preciso dizer que a garota que me beijou sorriu e num átimo de segundo desapareceu no meio daquele mar de gente abençoada por *In This River*. Seu perfume ainda ficou no ar por um tempo. Boa noite.

Amanhã, velho diário, eu te conto mais.

Capítulo décimo segundo

Viva a festa!

O DIA DE SARAH não acabou após o desmaio no meio da tarde: ainda havia a obrigação de participar de uma festa que seria realizada no centro da cidade, em comemoração ao nascimento de um burro.

Foi acompanhada por Yorba até a praça onde todos os trezentos e sessenta e cinco cidadãos estariam reunidos, com seus melhores sorrisos pintados na face com tinta vermelha. Havia barracas de tiros e doces, palhaços e a banda municipal que tocava uma tarantela descompassada. Milhares de bandeiras de papel colorido e fogos de artifício.

— Yorba vai dar um pequeno aviso, menina — disse o tesoureiro. — Você tem permissão para andar por aí, mas nem pense em tentar fugir. Os Intocáveis vigiam todas as saídas e becos escuros.

Sarah, que já imaginava isso, nada respondeu. Continuaram a caminhada por entre a multidão. Em todos os passos, alguém os detinha para pedir algum favor pessoal ao tesoureiro, que dava uma desculpa e se afastava o mais rápido possível. Por fim conseguiram se aproximar do palco onde Gioconda faria o seu discurso.

A garota esperou a barata se distrair com todo o movimento e aos poucos saiu de sua presença. Estava com fome, mas não encontrava nenhuma barraca que não tivesse a torta vermelha ou uma de suas variações. Sua esperança já estava quase no fim quando avistou uma quase vazia barraca de cachorro-quente. Dois homens estavam conversando enquanto aguardavam.

— Eu quero um desses. — Disse Sarah, entregando um dos vales-refeição dados por Gioconda.

A atendente vesga sorriu e começou a atender o pedido. Enquanto isso, Sarah ia ouvindo a conversa entre os dois homens à sua esquerda.

— Exatamente. Florbela, meu caro, Florbela. — Dizia o primeiro.

Ao que o segundo perguntou:

— Quando ela desapareceu?

— Ontem mesmo. — Foi a resposta. — Mas a verdade é que todos nós já esperávamos isso. Ela vinha andando tão... *Infeliz*. Um Fiscal da Felicidade não deixaria isso por menos. Você não é um deles, é?

— Se eu fosse, nós dois já estaríamos com os sacos pretos na cabeça...

A atendente nesse instante entregou o cachorro-quente. Os homens então notaram que estavam sendo observados pela menina. Riram e passaram a conversar sobre um assunto completamente diferente. Sarah foi sentar-se em um caixote de madeira para comer. Num poste adiante, a foto de Gioconda a observava e suas cinco leis estavam logo abaixo:

Primeira Lei — *Toda pessoa tem o dever de dar um sorriso, um cumprimento, ou um desejo a todas as pessoas que vir durante o seu dia.*

Segunda Lei — *Toda pessoa deve pensar, falar e agir sempre de maneira positiva, útil, amável e verdadeira.*

Terceira Lei — *Toda pessoa deve praticar a aceitação de situações, circunstâncias e eventos tais como são e ocorrem na cidade de Allegria.*

Quarta Lei — *Toda pessoa deve doar a si própria e aos outros para melhor manutenção da política municipal.*

Quinta Lei — *Toda pessoa deve perguntar como pode melhor servir e ajudar a sua cidade.*

Estava terminando de ler o conjunto de regras quando desviou o olhar e viu Beatrice a poucos metros de distância. As duas se encararam durante um tempo e no momento seguinte a garota menor desapareceu por entre um grupo de transeuntes. Sarah mais uma vez achou que isso fosse o melhor que ela poderia fazer: sumir. Ainda a culpava por estar nessa situação deplorável de empregada sem salário.

Os alto-falantes da cidade se ligaram com estalo, sinal de que o discurso da prefeita estava preste a começar. Sarah, embora não estivesse nem um pouco interessada, levantou-se para ouvir. A história sobre Fiscais de Felicidade camuflados havia lhe assustado bastante. Um teste de microfone depois, e a voz da prefeita começou a soar por toda a cidade.

— Povo de Allegria, é com imenso júbilo que nos reunimos aqui hoje para celebrar a chegada de mais uma vida para junto das nossas. O meu peito se enche de calor e eu tenho certeza de que todos vocês podem sentir isso. — *Pausa para os aplausos* — Desde que assumi a prefeitura, quarenta e um mandatos atrás, prometi conduzir esta cidade em igualdade, fraternidade e liberdade, algo que tenho cumprido com perfeição. Por isso, a existência de pessoas tristes é como dizer que não faço meu trabalho direito...

Sarah não ouviu o resto, pois seu estômago revirou tudo o que havia dentro dele. Tentou não vomitar. Quando teve certeza de que poderia dar dois passos sem tombar ou cruzar as pernas como um bêbado, decidiu ir para casa. O tempo pareceu correr muito devagar e a distância tornou-se quilométrica. Chegando a casa foi se deitar e logo o mal-estar piorou, trazendo uma febre terrível.

Toda pessoa deve pensar, falar e agir sempre de maneira positiva, útil, amável e verdadeira.

Sarah não iria cumprir essa regra. Ao contrário. Dormiu mal e teve pesadelos com uma velha Fiscal da Felicidade que a pendurava num varal pelo calcanhar.

Capítulo décimo terceiro

A raposa no cimento

OP SPADE FALOU um palavrão. Annabel disse outro. Determinados momentos merecem palavras à altura. Aquela era uma dessas ocasiões.

— O que faremos agora? — Perguntou Annabel.

— Tomar um café? — Retrucou o lobo. Caminhando em direção a um quarto, acrescentou: — Não sei se você percebeu, mas temos um cadáver aqui, guria. — Voltou carregando um lençol. — Segure o outro lado, vamos enrolá-lo.

Um estremecimento passou por Annabel. Estava definitivamente desgostosa por imaginar o que estava prestes a acontecer, ao mesmo tempo em que invejava o sangue frio do outro. Olhou mais uma vez para o corpo de Dean antes de perguntar:

— Você já fez isso antes? Digo, livrar-se de um... — Relutou em usar a palavra, por isso cuspiu-a como se fosse algo amargo — Morto?

Começaram a enrolar o corpo.

— Nada melhor do que a prática para dar experiência. Ei, você deixou um dos pés para fora. Onde está o carro dele?

Esforçando-se para colocar o pé rebelde por baixo do lençol, Annabel respondeu:

— Deixe-me adivinhar. Você vai colocar o cadáver no porta-malas e enterrá-lo num canto escuro qualquer por aí.

— Sim.

— Nada melhor que um lugar-comum para resolver a situação.

Op Spade nada respondeu, limitando-se a preparar o cadáver

da melhor maneira possível. Quando viu que o que havia feito era bom, tomou-o em seus braços e, olhando em direção a um armário, disse:

— Ali você encontrará uma pá. Pegue-a. E não demore, estarei esperando lá embaixo.

Ele abriu a porta e saiu do aposento carregando o grande volume branco. A garota dirigiu-se ao armário e o abriu, encontrando ali a ferramenta mencionada pelo lobo. Estava pensando em como estaria sua irmã e se alguém já teria notado sua falta.

Apanhou a pá e seguiu os passos do detetive, tendo o cuidado de fechar a porta ao sair. Sentia-se exausta e profundamente desanimada. Queria estar em casa, *qualquer* lar, desde que fosse um local minimamente estável. Enxugou algumas lágrimas insurgentes e continuou a descer os degraus, se esforçando para não deixar transparecer o quanto estava afetada.

Ao sair do prédio uma lufada de ar frio a atingiu fazendo com que tremesse. Op Spade aguardava encostado no carro, fumando um cigarro. O embrulho não estava visível.

— Já sabe onde levá-lo? — Perguntou Annabel.

— Sim. — Respondeu ele de modo seco, continuando: — Vamos, você me contará tudo pelo caminho. Vou ouvir, talvez me interesse, ou pode ser que eu simplesmente abandone você por aí.

— Acho que você vai se interessar.

— Isso sou eu quem decide.

Sem dar-se ao trabalho de responder coisa alguma, Annabel entrou mais uma vez no veículo e dali partiram pelas ruas de Kerouac. Ela observou de maneira atenta todo o conglomerado de prédios e tipos estranhos que formavam o panorama da cidade. Dirigiam rumo ao leste por um caminho cada vez mais isolado. Foi então que Op Spade falou:

— Seu caso. Conte.

Ela vasculhou dentro de sua mente todas as memórias, colocando em ordem os acontecimentos. Então começou a contar:

— Bem, pra começar é importante que você fique sabendo que tenho uma irmã, o nome dela é Sarah, nós somos gêmeas de nascimento e separadas no que diz respeito ao resto. Ela mora com minha mãe, enquanto eu moro com meu pai. Na maioria das vezes, nos vemos somente nos finais de semana.

Falou sobre todas as coisas e somente vez por outra o lobo a interrompia para fazer alguma pergunta, no mais ouvindo atentamente cada palavra. Annabel descreveu os acontecimentos desde o momento em que tudo começara no bar até o momento em que Dean Chinaski fora baleado.

— Então você quer que eu acredite em toda essa história? TV mágica, flor perdida e blá, blá, blá? Sabe o que vou encontrar num dicionário se procurar a palavra "ruim"?

— Das duas uma: a definição da palavra ruim ou uma foto sua.

— Não, a descrição da minha noite. Você surge do nada. Meu assistente está morto no porta-malas, e tenho a impressão de que tudo isso só está começando.

— Se a sua habilidade de detetive o ajudou a deduzir só isso até agora, como é que você paga as suas contas? O negócio é o seguinte: não tenho por que mentir acerca disso, e gosto tanto do desenrolar das coisas quanto gosto de você. Preciso de um serviço, você pode providenciar isso.

— Os meus honorários são altos.

— Não tenho dinheiro, mas posso pagar. Ao que me consta você está atrás de algo há muito tempo e eu sei onde está. Dean me contou antes de nos encontrarmos com você.

— Você está fazendo chantagem?

— Sim. Sou boa nisso.

— Supondo que a tenha, eu poderia arrancar de você à força a informação.

— Não seria difícil. Mas você tem um grande caso nas mãos, desperdiçaria essa chance?

— Agora você está apelando para o meu ego.

— Certamente.

Estavam fora dos limites urbanos. A estrada se estendia sabe-se lá pra onde e havia ali perto uma área em construção. Diversas máquinas estavam espalhadas, e placas sinalizavam que em breve haveria mais um posto Kaboon Verde para melhor atender os viajantes. Op Spade estacionou ali.

— Não me diga que você pretende enterrá-lo aqui. — Pediu Annabel.

— Em breve tudo isso será recoberto com concreto.

Saíram do carro e caminharam em volta buscando qualquer sinal que evidenciasse outra presença além da deles. Não encontraram nada. O detetive voltou ao automóvel e buscou a pá. Sem demora colocou-se a cavar um buraco sob o olhar atento de Annabel, que sempre observava ao redor buscando indícios de alguma companhia indesejada.

O primeiro golpe atingiu a terra. A garota pôde notar que o terreno ali era macio, pela facilidade com que o lobo retirava terra aos montes e a ia jogando à sua direita. Trabalhava num ritmo contínuo, parando vez ou outra para passar a mão pela testa e limpar o suor que insistia em escorrer. A velocidade foi diminuindo um tanto à medida que a cova ia ganhando profundidade, mas ainda assim ele não parou. Pelo menos não até que estivesse fundo o suficiente para acomodar alguma coisa.

— Acabou? — Perguntou Annabel.

— Isso é o contrário de começar? Sim, pode apostar. — Após ter dito isso, saiu da cova rasa e colocou a ferramenta de lado. Ficou em silêncio durante um longo momento, respirando pesadamente. Em seguida falou: — Vamos colocá-lo aí. Vou precisar da sua ajuda.

— Tudo bem.

Assim como haviam feito antes, cada qual ficou com uma parte e cuidadosamente foram descendo o embrulho branco. Annabel então falou:

— Dean era uma pessoa legal. Não o conheci bastante mas pelos poucos momentos que compartilhamos, fiquei sabendo disso. Se não fosse por ele eu não estaria aqui agora, ele me ajudou sem ao menos me conhecer. Espero que ele esteja num lugar decente...

Op Spade pigarreou e falou:

— Ele era um bom rapaz, mas ainda assim partiu me devendo dez pratas. — Acendeu um cigarro, e ordenou a Annabel: — Agora você cuida do resto.

Annabel fez uma careta de desgosto e respondeu:

— Por que eu?

— Porque é culpa sua.

— Babaca.

— Lamento, garota. Não sou nenhum cavalheiro. Estou meramente tolerando a sua presença. É melhor você trabalhar quietinha aí como um peixe gelado.

Sem nenhuma outra opção, Annabel pegou a pá e fez cair sobre a raposa uma chuva de terra. A última que iria lhe tocar. Dali em diante Dean Chinaski se ocuparia em estudar geologia subterrânea e os efeitos da decomposição.

Annabel observava às vezes o lobo negro fumando, e num desses momentos foi tomada por uma súbita curiosidade que não conseguiu deixar de expressar em palavras.

— Dean me contou que existem outros como eu por aí, mas são selvagens. Você sabe o porquê? No lugar de onde venho são vocês que vivem no zoológico.

Ele soltou um anel de fumaça antes de responder:

— Jogue mais terra na parte dos pés. De acordo com as lendas nem sempre foi assim, mas eles irritaram alguém por aí. Lorota! A verdade é que são animais, você os alimenta e treina ou você os come, simples assim.

Ansiosa para terminar, Annabel trabalhou sem poupar esforços. Foi então obrigada a reconhecer que aquela havia sido a primeira vez em que fizera um esforço físico tão grande. Amaldiçoou sua sorte pela milésima vez nos últimos cinco minutos. Quando por fim, exausta, deu cabo de tudo aquilo suspirou aliviada. Estava encharcada de transpiração quando disparou o ultimato:

— Certo, Lobo Mau... Qual é a sua resposta, está dentro ou fora?

— Vou pegar o seu caso. Se for isso que você quer saber. Vamos. Eu tenho um contato que talvez possa ajudar a localizar a tal flor. — Já estava se dirigindo para o carro quando parou e, sem se virar, disse: — Acho que vamos ter um problema, mas nada que não possa ser resolvido.

Annabel riu e disse:

— Um palpite: a pessoa não vai estar muito disposta a colaborar.

— Não.

Então, com os ânimos tão frios quanto um sorvete no Polo Sul, a garota saltou para dentro do carro. Iam para um lugar fácil de entrar e difícil de sair ileso.

Annabel falou um palavrão. Op Spade disse outro.

Capítulo décimo quarto

Teto de vidro

A CONSCIÊNCIA VEIO devagar como uma tartaruga. Sarah sentiu alguma coisa úmida na sua testa e uma gota escorreu pelo seu rosto.

— Interessante de bom! — Falou Beatrice. — Ainda bem que você acordou, eu estava ficando preocupada, sabia?

Estava em seu quarto de empregada e pelo visto a outra garota ficara ali durante todo o tempo. Sarah tirou o pano da testa e sentou-se. Suas roupas também haviam sido trocadas.

— Eu devia estar morta. Mas estou de volta a lugar nenhum. — E sem perder o ritmo continuou a xingar. — Tudo culpa sua! Se eu soubesse que tudo terminaria assim, não teria pedido a sua ajuda. Como você teve coragem de deixar sua mãe me transformar numa *qualquer*? Foi bom mesmo você não ter entrado àquela hora durante a tarde, ou eu teria arrancado todo o seu cabelo.

— Eu teria ficado careca, ora! Você não está contente. Eu não sabia que você iria substituir a pobre Hannah. Mamãe sempre diz que gosta de ajudar pessoas, pensei que ela pudesse te dar uma mão... Não que ela fosse arrancar um braço.

— É claro que não estou contente! Estou cansada da hipocrisia deste lugar. Eu não quero ficar sorrindo o tempo todo e também não quero ficar aqui para sempre.

Beatrice começou a andar de um lado para o outro e somente depois de um longo silêncio falou:

— Hi-po-cri-si-a. Mamãe diz que hipocrisia atualmente é não ser hipócrita. Só que ela se esqueceu de me explicar o que essa palavra significa e ano passado todos os dicionários da cidade foram queimados. — Dirigindo-se à porta, acrescentou: — Venha comigo, vou te mostrar um lugar.

A garotinha abriu um longo sorriso. Sarah não conseguiu mais odiá-la.

As duas saíram a andar pela casa. O urso-tapete assim como os corvos empalhados estavam dormindo. Sarah seguiu a menina enquanto saíam dali usando a porta dos fundos. A cidade estava quieta mas não totalmente sem movimento. Um grupo improvisava jazz em algum lugar próximo e alguns casais de namorados passeavam de mãos dadas.

— Onde estamos indo? — Perguntou Sarah.

Ela apontou para um lugar adiante. Era um ponto de ônibus vermelho e branco com teto de vidro azul. Milhares de bolhas de sabão vinham empurradas pelo vento.

— Ao meu lugar superfavorito.

As duas se sentaram e ficaram durante um momento observando as bolhas que eram sopradas. Sarah quebrou o silêncio:

— Por acaso estamos esperando algum ônibus pra, tipo, alguma misteriosa excursão mágica?

— Puxa vida! O ônibus só passa a cada sete mil quatrocentos e quarenta e oito dias e passou semana passada. — Respondeu Beatrice. — Eu não te trouxe até aqui para isso, não-não. Aqui é um ponto cego, os fiscais ou mesmo os Intocáveis raramente passam por aqui. Descobri isso por acaso ao ouvir uma moça comentar. Muita gente vem aqui.

Sarah a olhou surpresa e perguntou:

— Quer dizer que existem outras pessoas que não estão... Felizes?

A garota fez um gesto afirmativo com a cabeça e respondeu:

— Sim e sim. A exigência de felicidade não deixa as pessoas felizes, Sarah. Se não fosse pela torta vermelha, metade da cidade estaria ruim-ruim. Mas nem todo mundo come a torta... É aí que entram os traficantes de infelicidade.

— *Traficantes de infelicidade?* — Indagou Sarah para confirmar o que ouvira.

— Isso, eles gostam bastante de vacas. Eles têm grandes plantações de Morangos Deprimidos, são umas frutinhas azuis que cortam o efeito da torta e também encontram lugares livres de fiscalização onde qualquer um pode ir para chorar e reclamar da vida.

Sarah tomou as mãos da garotinha e perguntou:

— Você... Tem comido dessa fruta?

— Todo mundo está fazendo, por que eu não posso? — Foi a resposta. Continuou: — Este é um mundo grande e malvado e às vezes eu preciso de bastante manutenção. Quando achei você, eu estava comendo um deles. Só que a minha cabeça fica estranha e nem sei... — Uma pausa silenciosa e um sorriso. — Acho que esqueci o que ia dizer.

Sarah a abraçou e viu que no fim das contas a menina estava tão perdida quanto ela. Contudo, a única coisa que pôde fazer foi deixá-la encostar a cabeça em seu ombro e permitir que algumas lágrimas tímidas escorressem. Após alguns instantes assim em silêncio a garota fez uma nova pergunta:

— Você tem mais alguém, uma família ?

— Tenho. Moro com a minha mãe e meu padrasto, o meu pai e irmã moram em outra casa.

— Deve ser bacana ter uma irmã. — Comentou a menina.

Sarah sorriu e respondeu:

— Nem sempre. Nós brigamos bastante. Ela é cínica, arrogante, problemática, e desrespeita qualquer coisa ou pessoa. Por algum motivo ela sempre consegue se sair melhor do que eu, que tenho bom comportamento.

— Eu tive uma irmã, um dia a pobrezinha nadou e se afogou. Desde então visto suas roupas, pode ser que algum dia Papai Noel atenda o meu desejo e me transforme nela. Assim mamãe não vai ficar mais o tempo todo pensando nisso e vai revogar a lei da felicidade.

— Sinto muito. — Falou Sarah.

— Não sente, não. Você está sendo educada, não a conheceu e nem me conhecia. Mas tudo bem, gosto muito de educação.

Sarah ficou desarmada diante daquelas palavra e não sabia o que responder, por isso preferiu mudar de assunto.

— Humn... Por que você vem até aqui ?

— Venho até aqui porque não consigo ser feliz o tempo todo, como a maioria das pessoas. Eu tinha uma amiga, Íris. Ela sorria quando dançava balé mas quando ninguém estava de olho, ela ficava cabisbaixa. Aí teve o dia da apresentação dela. Levantou-se da cadeira e caiu morta logo em seguida. Um monte de gente ficou olhando, alguns até tinham lágrimas nos olhos, mas ninguém tirou o sorriso do rosto. Yorba me contou que foi porque o coração dela, que era de vidro, se partiu.

Estavam tão absortas na conversa que demoraram a perceber que alguém se aproximava. Era um homem idoso vestido em um terno de *tweed* e com uma boina na cabeça. Fiscal da Felicidade. Fez um gesto de cumprimento ao se aproximar e disse:

— Acho que está um pouco tarde para duas mocinhas lindas ficarem na rua. — Ele sorria muito e isso deixava Sarah bastante preocupada. — Provavelmente sabem que pessoas ruins distribuem a infelicidade no meio da noite. Tem alguma coisa que queiram partilhar com o velho O'Riordan ?

— Não, senhor. — Disse Sarah de prontidão. — Estávamos tão contentes que nem vimos a hora passar, é incrível como o tempo voa quando estamos bem!

O velho segurou o seu queixo com força. A mão era úmida e gelada, fedendo a alguma coisa que a garota preferia não saber. Ele se curvou e olhou dentro dos olhos assustados. *Ele vai me pegar,* pensava ela. Ele continuou a analisá-la como se esperasse um sinal de fraqueza, mas ainda que tremesse e suasse, ela permaneceu firme.

— Vão para casa. — Disse ele e saiu a caminhar. — A hora de dormir já se foi.

Sarah tinha certeza de que escapara por pouco e não demorou em puxar sua amiga e acatar a ordem recebida o mais rápido possível. Os passos apressados foram fazendo barulho pelas pedras.

—Vou te ajudar a sair daqui. — Falou Beatrice. — Conheço uma pessoa que pode ajudar. Cientista. Você deve estar mesmo com saudades da sua irmã chata.

Sarah sorriu e a abraçou com todas as suas forças. Pela primeira vez alguma coisa lhe deixava feliz em Allegria. A medonha sensação de que tudo daria errado ainda estava ali, mas alguma coisa relampejou e fez com que ela diminuísse de tamanho.

Enquanto iam para casa, havia chuva batendo nas janelas. Um rato correu de um lado para o outro no chão. Sarah viu um *outdoor* colorido brilhando pelas grades da cozinha: VOCÊ FEZ POR MERECER! Na casa ao lado alguém estava ouvindo *punk rock* (*tum — pá — tum — tum — pá — pá*!). Estava feliz pela esperança nova que tinha. As garotas se despediram. Sarah foi para a cama com os pensamentos tão organizados quanto os versos de um poema dadaísta. Não teve pesadelos.

Continuava a chover.

Capítulo décimo quinto

O amor é um clichê em notas azuis

— PERGUNTAS DESSA RODADA: quem viemos ver? Por quê? — Indagou Annabel.

Encontravam-se em frente a um enorme cassino. Annabel encontrou uma palavra para defini-lo: *soberbo*. A frente majestosa e iluminada indicava isso. Assim também faziam as colunas de mármore e os degraus escuros. Inúmeros veículos estacionavam para que os membros da alta sociedade surgissem. Um leão em impecável terno escuro recebia todos na entrada e pedia os convites.

Sem desgrudar os olhos da entrada o detetive respondeu:

— Ava Hapburn. Ela comanda uma rede de jogos ilegais e tem os contatos necessários.

— Como você irá convencê-la a nos ajudar?

— Ficaremos sabendo quando a hora chegar. Vamos entrar pelos fundos. Venha.

Atravessaram um beco estreito entre o cassino e um asilo. Annabel abaixou a cabeça, não querendo chamar atenção sobre si. Foram se esgueirando com cuidado pelos carros estacionados. No fim havia uma porta de metal com um aviso: *Somente pessoal autorizado.*

Annabel deixou que o detetive se adiantasse e batesse levemente na porta três vezes. Enquanto aguardavam uma resposta, questionou-o:

— Eles não vão se incomodar com a minha presença?

— Ava é famosa por permitir absurdos em seus cassinos. Tente não ser muito engraçadinha e ninguém vai te olhar duas vezes. Lembre-se, o seu tipo vale menos que nada por esses lados.

— Fico feliz por ter o mesmo valor que você.

Op Spade já abria a boca para responder porém foi interrompido. Parado sob o umbral postava-se um tigre em um terno negro. O volume do cano de uma arma estava saliente em seu bolso. Ela sentiu medo. Era a coisa certa a fazer.

— Op Spade. A que devemos sua visita? — Perguntou o tigre.

— Preciso conversar com Ava. Não me pergunte mais e não precisarei mentir.

Houve uma troca de olhares entre as três figuras. Por fim o guarda pareceu se resignar e pediu que esperassem ali. Então ficaram à espera de uma resposta.

— Se ela realmente não gostar de você, ela vai nos deixar entrar. — Disse Annabel. — Ela não perderia a chance de jogar isso na sua cara. É o que eu faria no lugar dela.

— É justamente com isso que estou contando. — Respondeu Op Spade.

O tigre por fim voltou e disse:

— Ela irá recebê-los dentro de alguns instantes. Acompanhem-me.

Começaram a segui-lo por um corredor que poderia concorrer com um chiqueiro em termos de aroma. Subiram uma escada de metal cujos degraus rangiam a cada passo. Uma porta de madeira foi aberta e deu passagem para o lugar onde as coisas realmente aconteciam.

Um salão, cujo toque principal era a ostentação, exibia-se para Annabel. Diversas mesas onde pratos refinados eram servidos para grupos seletos. A iluminação provia o ambiente de uma noite suave em companhia do incenso de canela que recendia em toda parte. Mesas de pôquer e roletas em que algumas figuras se reuniam na tentativa de quebrar a banca. E por fim um palco diante de tudo. Era decorado em vermelho e branco e com dois únicos instrumentos, uma bateria e um piano.

Foram guiados até uma mesa no canto bastante afastada de qualquer outra. Um garçom apareceu e perguntou o que desejavam. Annabel optou por tomar água e Op Spade pediu gim.

— Ela vai demorar. — Disse o detetive. — Ava adora criar tensão. Ao menos podemos assistir a uma parte da apresentação.

Annabel viu os músicos subirem ao palco. Foi um lince esguio em um terno escuro e um lenço vermelho na cabeça que se sentou à bateria. Sua companheira era uma leoa de vestido espalhafatoso e pintura borrada que logo se ajeitou ao velho piano.

— Boa noite — Começou a leoa. — Sou Courtney Applegate e este é o meu parceiro Charles Coltrane. Nós somos o Zeitgeist Baunilha! A faixa-título de nosso novo disco: Tristessa.

O princípio foram duas batidas da bateria e um lá menor. Somente após uma introdução cheia de quebras a música ganhou forma e fisgou a atenção dos presentes. Era de uma sonoridade crua e original aliada a uma estética própria. Para Annabel foi como se PJ Harvey e David Bowie houvessem se reunido para criarem uma canção. Courtney Applegate conduzia as teclas do piano e sua variância vocal com maestria e personalidade. Assimilável e altamente acessível. Havia espontaneidade e vitalidade sem antecedentes e um desempenho de evidência para a improvisação. Às vezes surgia um aspecto brando para logo dar lugar a algo aleatório em livre-arbítrio irrestrito. No fim havia um mundo de composição transcendental e alucinógena:

Jenny e Virginia são garotas anacrônicas,
ficam belas de rosa, mas consideram preto substancialmente melhor.
As garotas nem sempre fazem as coisas certas, mas quando cometem as erradas,
isso é acidentalmente de propósito.

— Espero que estejam apreciando o espetáculo, não deve ser frequente no lugar de onde vieram.

Annabel olhou para a dona da voz. Uma gracinha capaz de causar um deus-nos-acuda usando olhares. Ava Hapburn era uma gata negra com um corte de cabelo Chanel. Um despojado *canotier* lhe coroava a cabeça. Vestia uma blusa de malha listrada com gola rolê e um colar de pérolas falsas combinando com uma saia preta que ia até metade das pernas. Calçava um par de escarpins bicolores e carregava uma bolsa presa aos ombros por uma corrente de alça dourada. Annabel teve a impressão de que Ava era o tipo de criatura prática e ousada sem nunca ser extravagante, e passível de ocasionais tempestades de cólera.

Oh, não, Jenny! Fizemos isso de novo,
com toda a certeza deveríamos nos envergonhar,
e não nos sentirmos tão bem.
É meio tragicômico; uma dramédia para ser sincera,
isso que chamamos de cotidiano trivial.

— Adoro essa sua cara de cãozinho feroz, querido... A propósito, não sabia que seu círculo de amizades havia se tornado tão heterogêneo. — Comentou ela, dando uma olhada para Annabel.

— Desde que eu te conheci meu conceito de qualidade desceu muito.

Sem ao menos se importar com o comentário do detetive ela olhou para a garota e perguntou:

— Quem é você, docinho?

— Me chamo Annabel. Sou cliente dele.

Ava não deixou de sorrir enquanto se sentava à mesa, acrescentando:

— Eu estou prevendo que vou achar tudo isso interessante. Digam o que vocês estão querendo, não teriam vindo aqui se não quisessem algo.

— Preciso de um favor... Pelos velhos tempos. — Começou o detetive.

Annabel notou que a outra estava considerando toda a situação extremamente divertida e não pôde deixar de sentir antipatia.

Um dia tão triste; espero que concorde; e está na minha mão. — Somente
porque assim você o quer, senhorita! — Você já sabia da verdade antes mesmo
de vir. — Você precisa ser tão mal humorada?! — É necessário ser tão desagradável,
oh minha querida?

— A minha irmã foi raptada. Preciso encontrar uma flor. — Disse Annabel.

— Já pensou em procurar uma floricultura? — Respondeu Ava Hapburn. — Por que ninguém mais busca as coisas simples da vida: dinheiro, fama ou algo que o valha?

— Não é uma flor comum... — A garota começou a objetar mas foi interrompida por Op Spade, que disparou de maneira objetiva:

— Ela está procurando Amor-Perfeito.

— Isso não nasce por aí... — Respondeu Ava.
Annabel perguntou:
— Você a conhece?
— Suficientemente bem.

Perfumes com cheiro de jasmim;
devemos admitir que são bons nessa época do ano.
Sim, sei disso muito bem, fui eu quem lhe contou.
Não importa o que você diga,
ele sempre me dará o que mereço.
Precisamos de uma solução,
os lençóis estão rasgados!

Annabel observou em silêncio a discussão se desenrolar.
— Preciso que localize isso pra mim. — Falou o detetive.
— Pensei que você soubesse que cobro caro por favores... E o dobro para você. — respondeu Ava. — Foi bastante irritante acordar uma manhã e notar que havia partido sem deixar ao menos um bilhete.
— Eu não podia ficar. Você sabia disso. Passado. Pega o serviço ou não? Não vou implorar por nada.
Ava riu e respondeu:
— Se você chorasse e beijasse meus pés eu até poderia pensar no seu caso, sabia?
— Espere deitada, caso contrário sentirá dores no traseiro. — Olhou para Annabel e disse: — Vamos, foi uma péssima ideia ter vindo.
Levantou-se e saiu a caminhar. Annabel alcançou-o e, tentando fazer com que parasse, disse:
— Não podemos ir, precisamos dela.
— Eu faço isso do meu jeito. — Não parou de caminhar.

Espero que se lembre, Virginia, da primeira vez em que nos separamos,
e tivemos que dividir as nossas coisas: o céu, o mar, as estrelas e tudo mais,
não quero passar por isso novamente.
Pelo que me lembro, você ficou com o vermelho, que absolutamente é uma cor legal,
e só me sobrou o roxo, que para dizer a verdade é bem cafona!

Estavam nos degraus do lado de fora e debaixo de alguma coisa. Era a chuva. Annabel tirou os óculos e limpou o rosto com a mão enquanto Op Spade simplesmente apertou o sobretudo de encontro ao corpo e manteve o passo.

— Vocês já tiveram um caso? — Perguntou Annabel.

— Não, éramos sócios num barco de pesca de atum.

— É fácil compreender por que ela não gostaria de te ver.

— É ainda mais fácil adivinhar por que eu não gosto de você. Apreciaria muito se você calasse a boca por um minuto.

Annabel se preparava para responder quando a voz de Ava surgiu:

— Esperem!

Tanto a garota quanto o lobo se detiveram enquanto Ava Hapburn vinha descendo a escada. Ela parou então diante dele e por um momento ambos se encararam. Annabel desejou poder adivinhar o que estava acontecendo ali e obteve a resposta. Um beijo longo e suave como um furacão veio. O encaixe perfeito entre peças disformes.

Um dia muito bom, esse dia de hoje, muito melhor que essa ilusão de amanhã.

Ora, ora, ora; não ria, minha amada! Venha aqui. Dá-me um beijo de boa noite.

O céu está caindo, Adeus, vamos lá, somos imunes à gravidade.

Annabel sentiu um pequeno pedaço de esperança alçar voo. Também se pegou imaginando o que teria acontecido do outro lado. Já teria seu pai notado a falta delas? Ou estaria ainda trabalhando? Foi obrigada a pensar se ali as coisas seriam como nos contos de fada em que o tempo nunca passa e que no final tudo ficava bem. Torcia para que fosse. Estaria em maus lençóis se a opção fosse outra.

Mas não é necessário nos sobressaltarmos,
um chá é sempre e sempre uma boa trégua,
principalmente para duas velhas bicicletas como nós.
Acordem! Hoje é o resto de suas vidas...

Capítulo décimo sexto

O uivo de Cody

O DIA DE TRABALHO começou assim como já começara antes, com Yorba a acordando e uma lista enorme de tarefas desagradáveis. Contudo isso não foi o suficiente para destruir o ânimo de Sarah, que se mantinha firme pela possibilidade de uma saída.

Gioconda, entre uma página e outra de uma revista, a observava limpar os dentes do urso-tapete. Naquele dia a dona da casa se encontrava com um humor sombrio que fazia com que gargalhasse em um momento e chorasse incontrolavelmente em outro. As demais empregadas lhe contaram que isso acontecia quando ela se lembrava da filha perdida. Sarah manteve distância.

Estava pensando em sua casa e em todas as coisas das quais sentia falta quando ouviu passos. Beatrice, em um lindo vestido roxo e cheia de bijuterias. Ela parou diante da mãe, que apenas ergueu os olhos.

Sarah sabia o que ela iria fazer e isso fez com que ouvisse cada palavra com atenção.

— Mama, eu gostaria muitíssimo de pedir uma coisa. — Foi dizendo a menina.

O silêncio foi um sinal para que continuasse.

— Preciso ir buscar algumas rendas e pedras para preparar o meu vestido novo, mas estou muito dodói e preciso que uma das meninas me ajude.

Sarah virou-se o suficiente para ver a velha dizendo:

— Leve Nêmessis.

Beatrice foi passando levemente os dedos por entre os cabelos da mãe e disse:

— Acho que seria bem melhor se eu levasse a moça novinha. Eu acho, na minha opinião, que ela deveria sim-sim aprender a me ajudar.

Repentinamente Gioconda caiu num violento acesso de choro. Beatrice foi adiante e continuou pedindo a permissão, mas não havia nenhuma resposta além de lamúrias e movimentos convulsivos. Sarah imaginou se deveria ser considerada cruel por estar gostando da cena. Yorba surgiu em passos apressados e pôs-se a acalmar sua chefa com palavras de consolo. Beatrice insistiu com seu pedido. Por fim o tesoureiro virou-se e falou irritado:

— Vá fazer o que quiser! Não vê que sua mãe sofre?

Beatrice sorriu e respondeu:

— Obrigada, mamãe-mãe. Amo você. Venha, Sarah, vamos fazer compras.

Sarah largou o espanador de lado e acompanhou a garotinha até a rua onde finalmente falou o que estava passando pela sua cabeça:

— Você foi incrível lá dentro! Como conseguiu?

— A irmãzinha costumava ficar mexendo no cabelo dela daquele jeito e se alguém faz isso num dos dias de crise, minha mãe-mãe fica bem comovida.

As duas foram pelas ruas e Sarah se deu conta de que era a primeira vez que caminhava em plena luz do dia naquela cidade. Foi obrigada a admitir que havia beleza em todas aquelas cores e pessoas em trajes estranhos.

— Você acha que esse homem será capaz de me ajudar? — Perguntou Sarah.

— Talvez sim. Talvez não. Quem entende essa tal de *Ciência*? Eu sei que ele já fez uma chaleira que apita quando é a hora do chá. Mandar você para casa não deve ser tão difícil.

A morada do cientista em questão ficava bem longe da casa de Beatrice, no fim de um morro íngreme que levaram cerca de dez minutos para subir. No final, estavam cansadas e com sede.

Por fim lá estava ela, a última casa da rua. Branca e feita de madeira. O jardim repleto de coisas enferrujadas e pneus. Inúmeras antenas espalhadas pelo telhado. Os vidros de algumas janelas quebrados. Diversos gatos iam de um lado para o outro sem que nada nem ninguém os incomodasse.

Sarah e Beatrice atravessaram a pequena cerca e logo a campainha soou. Resmungos e passos lentos. Silêncio. Miaaaaau! Mais resmungos e passos lentos. Por fim a porta foi aberta e o cientista surgiu. Imediatamente a memória de Sarah reconheceu o homem que conversara com Gioconda antes que ela própria o fizesse pela primeira vez.

Estava metido em um jaleco branco e carregava um extintor. Os cabelos estavam desgrenhados e grandes olheiras evidenciavam que ele e uma cama não se viam há dias.

— Sim? — Perguntou ele, sua voz grossa porém afável.

— Ela precisa da sua ajuda, Cody.

Ele as encarou por um momento sem dizer nada. Sarah não desviou os olhos. Ele olhou os dois lados da rua e por fim deu passagem para que entrassem.

Ao contrário da casa de Gioconda, aquela era extremamente desorganizada. Roupas, livros e discos espalhados em todas as direções. Um gato albino dormia numa poltrona e Cody o afugentou dali — *Xô Ruski!* —, tomando o lugar.

— O que vocês querem? — Perguntou o cientista, acrescentando: — Posso presumir que não vêm a mando da prefeita.

— Ela não sabe que estamos aqui. O meu nome é Sarah.

— Cody Corso. — Disse ele.

— De acordo com Beatrice, você é a minha última esperança. — Disse Sarah, com convicção. — Eu não sei se você acredita nisso, mas sou de outro mundo. Eu estava junto à minha irmã quando fui puxada para cá. Agora, preciso encontrar uma maneira de voltar para casa.

Cody coçou o queixo e ficou pensando durante um tempo. Então respondeu:

— E vocês acham que eu seria capaz de fazer isso.

— Claro! — Exclamou Beatrice. — As pessoas sempre comentam sobre quão maravilhosas são as suas invenções. Aqui está uma oportunidade bonitinha para você fazer alguma coisa.

Cody se levantou e ficou andando de um lado para o outro. Ruski, o gato, voltou para a poltrona. Havia alguma coisa funcionando dentro da cabeça de Cody. Sarah podia sentir que o homem tinha a resposta para algumas das suas perguntas mas algo o impedia de falar.

— Acredito em você, acredito mesmo. — Foi dizendo Cody. — Não é a primeira vez que uma pessoa perdida me pede ajuda, mas também não é a primeira vez que pretendo negar.

Sarah arregalou os olhos e sua voz saiu mais alta e esganiçada do que pretendia quando perguntou:

— Por quê?!

— Tentei ajudar uma pessoa perdida, mas descobri que isso não é coisa que se faça. — Explicou Cody num tom pesaroso. — Deixe-me simplificar: existem inúmeros mundos e dimensões espalhadas por trilhões de universos possíveis. O que impede que esses amontoados de possibilidades se choquem uns com os outros? Uma coisa chamada *Surdez*. É essa camada invisível que mantém tudo em seu devido lugar. Tente furá-la e isso te matará.

— A pessoa que você tentou ajudar... Morreu? — Perguntou Beatrice.

— Carbonizada. — Foi a resposta seca do homem. — Não vou mais falar sobre isso. Lamento não poder ajudá-las. Agora, vocês devem ir.

Beatrice deu de ombros e se levantou da maneira mais casual possível, mas Sarah permaneceu no mesmo lugar e, sem alterar um só traço do rosto, falou:

— Lamento que você tenha passado por isso mas não sairei daqui até que você concorde em me ajudar. Morte? Não me importo de morrer tentando. Prefiro qualquer coisa a continuar sendo uma serviçal qualquer. Tire-me daqui, *por favor*!

Cody olhou de uma garota para outra, a menor que brincava com um dos gatos e a outra que o encarava fixamente. Suspirou profundamente e perguntou:

— Você está tão desesperada assim?

— Estou. — retorquiu Sarah.

— Então me siga. — Disse ele e saiu andando pelo corredor.

Sarah puxou sua pequena amiga pelo braço e acompanhou o cientista. Rascunhos de cálculos serviam de papel de parede. Subiram as escadas para o segundo andar, que parecia praticamente vazio e abandonado há bastante tempo. O acúmulo de poeira fez com que as garotas espirrassem repetidas vezes.

Cody as levou para uma sala que estaria completamente vazia não fosse algo coberto por um lençol roxo. Sarah ficou observando com atenção quando ele se dirigiu até aquilo e retirou o pano deixando a mostra o que se escondia ali.

O rosto de Sarah não conseguia esconder o fato de que ela não compreendia nada daquilo, por isso não hesitou em perguntar:

— Por acaso é *isso* que pode me levar para casa?

— Sim, senhorita. — Respondeu ele — Este é o *Uivo*! Uma das poucas coisas capazes de penetrar a *Surdez*. Matou uma pessoa, mas funciona. Vou explicar como.

Beatrice olhou para aquilo em silêncio durante um instante e sentenciou:

— Que coisa feia-bisonha!

PARTE IV

1, 2, 3, 4! TALHOS DE MORANGO PODRE

Interlúdio

Outras coisas dentro da história...

UM GRITO POR sobre a música:

— Eu não vou!

A porta se abriu permitindo que a mãe entrasse em seu melhor vestido e com a pior cara.

— Sim, Annabel, a senhorita vai. E me surpreende que não esteja arrumada.

A garota, que até então estava imóvel na cama lendo um mangá, pegou o controle remoto e aumentou o volume da música. Sua mãe desligou o aparelho. Um silêncio desagradável ficou estagnado no meio delas.

— Ann, não vê que essa noite é muito especial para sua mãe? Não é fácil ganhar um prêmio tão importante quanto o de hoje, foram horas de serviço incessante. Eu preciso de você e de sua irmã lá comigo.

A garota riu e disse:

— Parabéns pelo prêmio, mas ainda não é o suficiente pra que eu saia do quarto... Quem sabe quando você ganhar aquele do cara da dinamite? Oops! Aplicar botox não indica ninguém ao Nobel.

— É surpreendente o quão pouco você se importa com a sua vida familiar.

— Você quem diz. Pouco antes de você e papai se separarem, na época em que dormir ficava complicado por causa das suas brigas, eu tinha uma peça de teatro na escola. Sempre odiei participar dessas porcarias. Não sei por que, mas na época pensei que se eu conseguisse ser a Cinderela vocês conseguiriam resolver as coisas. Ensaiei durante dias, memorizei cada linha daquele texto e subi num palco, o lugar cheio de gente me encarando. A primeira coisa que fiz foi procurar por vocês no meio de todo mundo. — Ela fez uma pausa antes de despejar o resto: — Achei papai. Também uma cadeira vazia ao lado dele. Perto do fim eu comecei a chorar e saí do palco. Pude ouvir as pessoas rindo de mim. Papai me contou que você não havia ido por causa de uma lipoaspiração, e eu nem sabia o que era isso. Foi a primeira das muitas vezes em que você escolheu a gordura da barriga de alguém em vez de mim. Agora, se me permite, quero continuar a ler, é uma parte muito interessante, sabia? Goku acabou de encontrar mais uma esfera do dragão.

A mulher tentou segurar a mão da filha mas foi rapidamente repelida. Ainda assim continuou a falar:

— Lamento que isso tenha acontecido, eu não sabia. Mas o passado já foi, temos que cuidar do nosso presente. Você acha que pode passar a vida inteira sozinha lendo quadrinhos e ouvindo músicas emo? Pois me deixe esclarecer uma coisa: *você não pode*!

— E você acha que pode ficar mandando na minha vida quando bem entender? Não, você não pode, eu já sou bem crescida para decidir qualquer coisa.

— Não enquanto eu tiver um papel que diz que sua guarda é minha. Por que você não consegue simplesmente ser como sua irmã e fazer as coisas que peço de vez em quando?

Annabel levantou-se da cama num salto e suas palavras seguintes foram gritos terríveis.

— Porque não sou a Senhorita Perfeita Sarah! — Continuou falando num ritmo vertiginoso: — Você pode puxar o saco dela o quanto você quiser mas nunca exija de mim que eu seja igual a ninguém! Você não acha que fico com raiva quando vou sair e você olha para as minhas roupas e pergunta : você vai sair assim?! Enquanto elogia tudo na Britney de meia tigela. Você não me entende!

—Você não veio com manual de instruções. — A mulher cruzou os braços e prosseguiu: — Então essa ceninha é toda por causa de ciúmes. Gosto de vocês igualmente, Annabel, mas é meu dever me preocupar. As pessoas são malvadas e pensam coisas terríveis sobre tudo aquilo que é diferente, e infelizmente o seu... estilo é um pouco diferente.

Annabel andou de um lado para o outro e quando voltou a olhar para a mãe, seu rosto estava vermelho e lágrimas escorriam.

— Lamento informar, mas sua psicologia barata não funciona. Mãe, você está preocupada com o que as pessoas pensam. Isso não é uma questão de roupas ou ciúmes. Você sempre deseja controlar tudo, e não deve ser bom para a grande cirurgiã plástica ter uma filha que *não quer* ser “bonita”. Eu não pedi pra nascer.

O rosto de Annabel doeu em dois níveis diferentes quando um tapa o acertou. Fisicamente, não muita coisa. Emocionalmente, uma arma de destruição em massa. Sua mãe pareceu notar isso pois logo começou a se desculpar:

— Me perdoe, filha, não...

— Eu não quero mais morar com você. Vou morar com meu pai. Ele nunca me bateria e sempre me dá muito mais atenção do que você. Ele nunca grita comigo do jeito que você faz.

— Você fala isso porque não mora com ele. Tenho certeza de que se o fizesse iria querer voltar para cá. Annabel, as coisas não são perfeitas o tempo todo em nenhuma casa, o que você quer é fugir dos problemas, mas eles vão continuar existindo aqui ou lá.

— Sem você eles vão ficar mais fáceis de serem resolvidos. Pense pelo lado bom: com uma filha a menos para se preocupar você vai ter tempo para fazer tudo aquilo que vem adiando, como ler algum livro de culinária e aprender a fazer alguma coisa decente.

— Por que você é tão mesquinha? Você com certeza não conversa assim com os seus amigos. Por que é assim com a sua família?

— Claro que não falo assim com eles! Fui eu quem os escolhi. E se algum dia eu falar, sempre sobra o *Myspace* como prêmio de consolação.

—Espero que os seus duzentos amigos do *Myspace* te ajudem quando a tempestade chegar, Ann. Uma árvore sem raízes não suporta chuva forte.

— Alguém já te contou que suas metáforas são incrivelmente ruins, madame?

A mãe a olhou durante um minuto inteiro e seus olhos mostravam o quanto se sentia contrariada diante de tudo aquilo.

— Essa é sua resposta final?

— Sim. — Respondeu a garota. — Vou morar com papai.

— Tudo bem, faça como quiser. A premiação, você vai comigo?

— Não.

A mulher se virou para sair, já estava com a mão na fechadura quando ouviu:

— Mãe?

Ela olhou mais uma vez para a filha.

— O quê? — Respondeu.

— *Are you dead yet*? — Perguntou Annabel.

— O quê?!

— *Are you dead yet*? — Repetiu ela, e continuou: — Era o que eu estava ouvindo antes de você entrar e isso não é música emo. Para evitar futuros equívocos. Pode ir agora.

A mulher não se deu ao trabalho de responder, simplesmente abriu a porta e saiu. Ao mesmo tempo, Annabel tomou o controle remoto e voltou a ouvir sua música alguns decibéis mais alto do que antes. Sentiu-se bem.

Capítulo décimo sétimo

O chefe diz: Morra!

ANNABEL CONSEGUIU UM longo e azedo dia de tédio urbano no escritório de Op Spade. Segundo Ava, a informação que desejavam seria encontrada até o anoitecer mediante um pequeno preço simbólico combinado entre ela e o detetive.

Ao acordar encontrou comida e um bilhete (*Se vira*! Dizia ele) sobre a mesa. Também se deparou com a porta trancada. Isso fez com que fosse apresentada ao antônimo de *contentamento*. A porta aberta para o tédio.

O seu espírito normalmente inquieto buscou alguma coisa para salvar sua mente de ficar à deriva durante muito tempo. Ela não sabia de onde vinha essa anestesia. Em sua casa isso era decorrente dos carros, dos sonhos de consumo, do consultório do dentista e da TV, que faziam com que se sentisse um grande aterro sanitário.

Annabel pensou no nada para fazer e tudo ficou mais chato, como se o próprio universo (*Esse velho safado!*) estivesse rindo às suas custas. Andou de um lado para o outro. Tentou ver o exato momento em que o ponteiro do relógio se movia. Comeu. Tomou um banho. Arriscou-se a dormir. Buscou nos fundos de sua mente alguém que talvez já tivesse ficado tão entediado quanto ela estava agora. Lembrou-se de Lorde Byron, Hamlet e pessoas num show de *rock* progressivo.

Quando toda sua esperança havia pateticamente acabado, Op Spade chegou com seu sobretudo no braço e o cigarro dependurado no canto da boca. Já havia passado das oito horas da noite.

Annabel tratou de não esconder todo o seu péssimo humor quando disse:

— Como você foi capaz de sair e me deixar trancada sozinha um dia inteiro aqui?! Por acaso você sabe o quanto eu fiquei entediada?

— Por que não gastou seu tempo com alguma coisa produtiva?

— Como o que, por exemplo?

— Ora, você teve tempo o suficiente para ter pulado de cabeça pela janela. Isso seria bastante produtivo para mim.

— Mas então você ficaria sem saber o que eu sei. E tenho certeza de que isso não é do seu interesse.

— Não tente adivinhar o que é do meu interesse, ficaria chocada.

Annabel, ainda enfurecida por ter sido tratada como copo descartável, caminhou até a janela e, observando o movimento noturno, falou:

— Pelo menos me diga se tem alguma novidade!

Ele expeliu fumaça e respondeu:

— Ava descobriu o paradeiro da maldita flor. Um traficante menor a vendeu para um colecionador há algumas noites. Foi isso que fiz durante o dia: estava observando uma casa.

Annabel, com um pouco de fé, comentou:

— Talvez seja menos complicado negociar com ele do que imaginamos.

O lobo riu como se alguém houvesse lhe contado uma piada realmente engraçada e respondeu:

— Acredite em mim: não será. A flor está com um dos chefes da Máfia.

Annabel sentiu como se tivesse tomado um banho de água fria.

— Por que coisa alguma é fácil, hein?! Seria bem mais fácil se tivéssemos uma velhinha caduca que pudesse ser derrubada com um tapa, isso facilitaria muito as coisas.

— Você espancaria uma velha?

— Para sair desse lugar? Até mesmo duas.

— Imaginei que sim. Pois bem, estamos de saída. Ava tem um plano para pegar a flor.

— Você confia nela?

— Não. Agora ande depressa. Explico o resto no caminho.

Sem nenhuma outra opção à vista, Annabel tratou de seguir o lobo até o antigo carro de Dean. Foi impossível não se lembrar do falecido. Depois de alguns minutos o lobo começou a falar:

— Investiguei o cara que está com a flor. Ele não é daqui, e pelo que sei comanda várias camadas do crime na cidade, desde lutas de boxe até contrabando de armas. Hoje ele estará em uma reunião com uns subordinados. Ava achará uma maneira de entrarmos e vai nos esperar com um carro do lado de fora. Como você disse que o próximo passo é ir até a Ilha da Expectativa, contratei um barco que nos levará até lá, umas duas horas de viagem.

— Estou impressionada! Você consegue colocar mais de seis palavras seguidas em ordem quase coerente.

Continuaram percorrendo as ruas em silêncio. Várias figuras caminhavam nas calçadas, solitárias ou em bando. Passavam umas pelas outras sem pararem para um segundo olhar. À medida que iam se afastando do centro da cidade, tudo ficava incrivelmente mais deserto e os poucos tipos ainda vistos não eram dos mais agradáveis. Pensava justamente nisso, quando avistou Ava Hapburn encostada num cupê preto em uma tal Avenida Spillane. O motorista dela, um pit bull feio, estava ao lado. Op Spade estacionou o carro perto de outros dois que estavam por ali e ambos foram se encontrar com a dona do cassino.

— Os guardas do lado de fora já foram substituídos por homens meus, os verdadeiros estão nadando com blocos de cimento nos pés. — Disse Ava. — A porta da estufa já está aberta, depois que entrarem o resto é com vocês.

A habitação referida por ela fora construída sobre uma maciça fundação de pedra e era tão grande que seus altos muros escuros ocupavam o quarteirão inteiro. Era uma casa branca com muitas janelas. Uma porta de madeira dava para uma estufa de vidro.

— Obrigada. — Murmurou Annabel.

— Não me agradeça, filhote. Estou sendo paga e isso ainda não terminou. — Foi a resposta da gata.

Sem esperar por mais nada, Op Spade atravessou a rua. Annabel fez um discreto aceno para Ava e o seguiu. O detetive retirou sua arma do bolso e verificou a porta. Entraram. A estufa era grande e cálida, várias lâmpadas proviam a iluminação de centenas de flores multicoloridas. Op Spade agarrou seu braço e disse:

— Não está aqui.

— Como você pode saber disso? — Perguntou ela, olhando ao redor.

— É uma coisa valiosa demais para se deixar desprotegida. Vamos nos separar. — Entregou a ela o revólver e continuou: — Se acontecer alguma coisa puxe o gatilho e a outra pessoa vai comer capim pela raiz. Nos encontramos aqui em vinte minutos.

Segurando desajeitadamente a arma nas mãos, Annabel disse:

— Espero não ter que usá-la.

Annabel guardou a coisa no bolso e se dirigiu a uma das portas que havia ali. Op Spade tomou outra direção. Ela sentiu um frio no estômago ao girar a maçaneta. Esperava encontrar alguém do outro lado. Contudo, nada aconteceu.

Estava num corredor extremamente limpo e com cheiro de flores campestres. A parte doméstica era marcada pela simplicidade. Painéis corrediços de madeira dividiam os espaços em cômodos arejados. Começou a caminhar com cuidado. Sua mente fervia de ideias pessimistas. Passou por uma porta e tentou ouvir se havia alguém ali. Nada.

Sons de passos no outro corredor.

Sem demora Annabel entrou e fechou a porta com delicadeza. Era um quarto vazio. Ficou ali respirando pesadamente. Esperando e esperando.

Passos se detiveram do outro lado da porta em que se encontrava. A porta rangeu quando começou a deslizar. O coração de Annabel bateu com mais força e subiu-lhe um calor repentino.

Tentou imaginar o que poderia acontecer; com certeza nada agradável. Sabia que se fosse pega sua chance de escape seria tão grande quanto uma célula.

A porta começava a se abrir.

Estou morta, pensou ela.

Respirou fundo.

E então...

— Kitano! O Sr. Yimou pediu para que você procurasse o guarda do muro, ele não responde.

Annabel ficou esperando em silêncio pela resposta:

— Estou indo.

A menina ficou ali até que nenhum som de passos fosse ouvido. Levou um tempo para que começasse a se mover. *Droga!*, pensava ela enquanto ia saindo. Continuou a procurar, mas não encontrava absolutamente nada além de desapontamento.

Empurrou mais uma divisória corrediça e quase teve um motivo pelo qual se alegrar. Era uma sala com almofadas e uma mesa com diversos tipos de comidas que desprendiam um delicioso cheiro pelo ar. Mas o que interessou a garota não foi isso. Foi a redoma de vidro sobre a mesa com uma flor branca em seu interior. Annabel não teve dúvidas, havia encontrado Amor-Perfeito. Sorriu como um *serial killer* após um serviço bem feito. Avançou com o braço estendido em direção ao item cobiçado.

Sua Eurídice. Seu Santo Graal. Sua Fada Azul.

Um grande barulho e enorme alvoroço. A porta escancarada — *Tran! Kruag! Brun!* —, armas engatilhadas e apontadas para a sua cabeça. Annabel xingou em voz baixa e se virou. O líder então deu um passo adiante e, rindo, disse:

— Eu pensava que uma pessoa com audácia para me roubar fosse ao menos esperta o suficiente para não deixar pegadas no chão. — Annabel então compreendeu por que todos estavam descalços. Olhando para seus tênis sujos considerou-se tão estúpida quanto uma morsa. O chefe continuou: — Um último desejo, Srta. Cadáver Metido a Esperto?

Capítulo décimo oitavo

Nuit blanche

— CERTO COM CERTEZA, eu acho que sim, tudo—tudinho vai degringolar.

Beatrice havia dito isso enquanto voltavam da casa do cientista horas atrás e Sarah chegara a pensar que pudesse ser verdade, mas, enquanto caminhava pelos corredores escuros, a dois minutos da meia-noite, esse fiapo de esperança começava a evaporar.

Sarah ia à frente segurando um castiçal com uma vela acesa e a garotinha a seguia em silêncio. O urso-tapete roncava e os corvos empalhados dormiam em paz. Ao menos ali a situação não estava complicada.

— Você realmente acha que isso vai dar certo? — Sussurrou Sarah.

— Claro que sim, nem vai ser tão difícil achar isso. É importante ser otimista.

— Se você diz...

Quando Cody Corso mostrou sua invenção Sarah se sentiu contente, mas, à medida que ele ia dizendo o que seria necessário para que funcionasse, seu excitamento diminuiu consideravelmente. De acordo com ele, a máquina precisava de um combustível muito raro e que estava em poder de Gioconda. Daí a missão quase suicida. *Posso apostar que ninguém em Gossip Girl passaria por isso,* pensou e continuou andando.

Na sala de jantar a mesa ainda estava posta. Um cheiro maravilhoso pairava ali. Podia identificar cada comida pelo leve aroma que liberava. Pudins, sorvetes, pirulitos, balas, chicletes, manjar turco, biscoitos, tortas, morangos, fatias de melancia, ameixas e inúmeros outros pratos. Todos saudáveis e vermelhos. Sarah se deteve. Pegou uma fatia da torta e pensou, não pela primeira vez, se a melhor escolha não seria simplesmente comer aquilo e ficar feliz. *Um caminho tão mais fácil...* Pensava enquanto passava o dedo por sobre o glacê. *Se eu voltar pra casa tenho certeza de que só vou ter problemas, mas se...*

— Ei, acorde. — disse Beatrice, tomando a coisa de sua mão. — Esse é o primeiro passinho, sim senhora, para que você comece o comer-comer.

Sarah voltou a si ainda sentindo-se um pouco seduzida, mas logo a seguir se recuperou e pegou uma faca sobre a mesa. Foram subindo os degraus na ponta dos pés. E quando alguma madeira rangia em meio a tanto silêncio, o efeito parecia ser o mesmo de uma fanfarra desorganizada. Contudo, chegaram ao andar superior sem maiores problemas. O único quarto que evidenciava algum movimento era o de Yorba, deixando que o brilho amarelado de uma lâmpada escapasse por debaixo da porta. Beatrice explicou que não precisava se preocuparem com isso, pois o tesoureiro sempre dormia com a luz acessa. Tinha medo do escuro.

Enfim chegaram ao quarto de Gioconda.

— Você acha que consegue cometer esse crime? — Indagou Beatrice. — Eu me sinto triste de fazer isso com a minha própria mãe. É realmente necessário, Sarah?

— Não se preocupe, farei tudo para que seja da maneira menos dolorida possível. — Falou Sarah e, para tranquilizar a garotinha, acrescentou: — Acho que ela nem vai gritar ou sentir nada.

— Espero que sim. Será o melhor para todas nós. Agora vá, eu vigiarei a porta.

Sarah empurrou a porta e entrou no quarto. Aguardou o tempo necessário para que seus olhos se acostumassem com a escuridão. Tudo devidamente organizado no quarto: o cheiro de desinfetante, móveis etiquetados, a janela fechada. Os batimentos cardíacos da menina estavam acelerados e a adrenalina corria solta em seu corpo. *Então é assim que um criminoso se sente antes do primeiro crime de sua vida.* Foi caminhando em direção à cama. Gioconda dormia tranquilamente com uma máscara facial e duas rodelas de pepino sobre os olhos. Apertou o cabo da faca com firmeza. Observou por um instante a vulnerável megera. Não sentiu nem um pingo de remorso pelo que faria.

Ergueu a arma. Não houve algazarra quando Sarah fez com que a lâmina descrevesse uma curva no ar e fosse acertar pouco acima do ombro de Gioconda. Começou a fazer movimentos rápidos, iguais aos de um marceneiro com um serrote, para cima e para baixo. Até o momento tudo havia corrido como prometera a Beatrice, sem gritos nem dor.

Então o colar da prefeita foi retirado e Sarah ficou contente por tê-lo feito sem acordá-la. Agora bastava levar a joia para Cody Corso, que a usaria como combustível para que escapasse desse lugar. Guardou-a no bolso. Não conseguiu deixar um sorriso longe do rosto à medida que caminhava rumo à saída. Parou e olhou mais uma vez para a cena do crime. Foi nesse momento que a porta se abriu com um estampido e Beatrice entrou tendo a boca tapada por Yorba.

— O fiel Yorba nunca é passado para trás. — Disse a barata com um cigarro dependurado na boca.

O barulho acordou Gioconda, que se sentou já apalpando o pescoço em busca de seu colar, sem senti-lo ali. Ela jogou as rodelas de pepino no chão e olhou diretamente para Sarah. As duas se encaram durante um milésimo de segundo e logo a seguir a velha começou a berrar:

— LADRA! DEVOLVA-ME ISSO! AGORA!

Sarah olhou ao redor em busca de opções. A melhor delas não era nada agradável.

Capítulo décimo nono

Posso brincar com um panda?

ANNABEL QUERIA CUSPIR na cara dele...

Chen Yimou era o chefe e deixava isso explícito para todos desde o primeiro instante. Sua boca repuxava-se nos cantos num sorriso falso e repulsivo. Um tipo tão simpático e agradável quanto um desastre nuclear.

— Espero que goste de chá. — Começou ele.

A garota simplesmente endereçou-lhe um olhar indiferente e permaneceu encarando-o. Era um panda enorme com sua característica pelagem preta e branca, orelhas ovais e eretas. Tinha quase dois metros de altura e uns cento e trinta quilos, em conjunto com potentes patas dianteiras que partiriam uma coluna com a mesma facilidade com que se quebra um graveto. Os olhos eram iguais aos dos gatos e cheios de malícia.

Pouco importava a Annabel que pandas fossem animais em extinção, desse dia em diante passou a odiar cada um deles e a torcer para que se tornassem ótimos casacos de pele. Teria prazer em comprar um numa liquidação.

Ele tomou um gole de chá da tigela de porcelana e perguntou:

— Quem mandou você até aqui?

— Ninguém. — Respondeu ela.

— A maioria das pessoas não responde às minhas perguntas logo de cara, mas à medida que vamos ficando mais íntimos e você começa a perder alguns dedos, a situação melhora.

Os seis capangas de pé atrás do chefe riram. Eram texugos em ternos pretos e óculos escuros.

— Você vai me matar? — Quis saber Annabel, já antevendo a resposta.

— Claro que sim. Por favor, experimente seu chá antes que esfrie.

Sem nenhum trunfo que pudesse usar, a garota tentou ganhar algum tempo estimulando a conversa na esperança de que Op Spade não houvesse sido apanhado.

— Eu queria a flor Amor-Perfeito. Preciso dela para ajudar uma pessoa.

O panda colocou mais chá na tigela e o bebeu. Em seguida, como se não houvesse escutado a frase anterior, começou a dizer:

— Sabe o que eu odeio? Odeio a falta de talento com todo o meu coração e alma. Desde adolescente tento escrever haicais, mas nunca consegui seguir a estrutura de dezessete sílabas e três versos. Quando eu tinha sorte fazia dezoito ou menos sílabas, mas nunca o número exato.

Annabel sorriu e não impediu que o cinismo impregnasse sua voz quando respondeu:

— Então, por ser um poeta fracassado, você se tornou um mau sujeito?

— A história dos haicais é para lhe mostrar que nem sempre conseguimos o que queremos. E eu ser ou não uma pessoa ruim não cabe a você julgar.

— Ora, não tente fingir... Você não presta.

Antes de responder qualquer coisa o líder colocou um tanto de saquê numa outra tigela e bebeu.

— Sim, olhando pelos seus olhos talvez eu seja realmente malvado. Garota, eu poderia ser muito mais maligno do que sua imaginação pode conceber, da mesma forma que numa outra situação eu talvez pudesse ser extremamente benigno. Não simplifique as coisas.

— Não estou simplificando nada, na verdade está tudo muito claro para mim. Preto no branco.

Ele pareceu divertir-se e respondeu:

— Você me considera vil porque sou mais poderoso que você, mas tenho certeza de que se a situação fosse a inversa você não me pouparia, da mesma forma que não pouparei você. É a lei do mais forte. Se eu vou te matar? Sim, vou, mas lembre-se que não somos inimigos, o que acontece é que temos desejos e razões diferentes que nos levam a tomar decisões diversas a cada instante. Veja através dos meus olhos: você é a criatura invasora que tenta impor sua vontade sobre a minha. Não coloque o que está acontecendo aqui como um embate entre uma força irresistível (a pobre menina que deseja ajudar alguém) e um objeto irremovível (esse detestável vilão que não ajuda a mocinha). As coisas são mais complicadas do que isso. São negócios.

Ela nada respondeu durante um instante e limitou-se a olhar o panda que calmamente bebia mais um pouco de seu estimado chá. Annabel então riu consigo própria baixinho e então falou:

— Você tem razão em uma coisa: se eu tivesse capacidade nesse momento, você estaria numa situação muito complicada...

— Eu até gosto de você, garota. Com toda a sinceridade: admiro a sua bravura. Mas agora é hora de acabarmos com nossa pequena conversa.

Ele bateu palmas. A porta se abriu e três figuras entraram. Duas delas eram capangas em ternos escuros com armas nas mãos. A outra figura era a de certo detetive particular que vinha sendo arrastado em estado semiconsciente e com notáveis ferimentos. Ele foi jogado ao chão com violência. Em menos de um segundo armas foram apontadas.

Annabel e Op Spade encararam, cheios de tensão, o cano das armas. O rugido de dois tiros foi ouvido.

Capítulo vigésimo

Corra, Sarah! Corra!

— VOCÊ NÃO TEM escapatória, ladra suja. — Disse Gioconda, vindo em sua direção.

Sarah pegou um vaso com flores que ficava perto da cama e atirou contra a cabeça da mulher. Houve um choque violento e a seguir vieram os urros de dor e raiva. A garota aproveitou a oportunidade e correu rapidamente para a janela, abrindo-a sem muita dificuldade. Não era fácil de ignorar toda distância até o chão. Olhou para o lado e logo soube como iria descer.

Tremendo, confusa e assustada, fez um esforço para alcançar uma calha de metal que estava à sua direita. Estava já saindo pela janela quando sentiu seu pé ser agarrado. Sem deixar de fazer esforço para sair, olhou para trás. Yorba havia soltado a garotinha e agarrava seu pé com um grande sorriso de satisfação no rosto. Sarah tentou lutar usando todas as suas forças mas não houve diminuição do aperto.

— Ninguém pode insultar a digníssima prefeita e sair assim. — Ia dizendo o tesoureiro. — Yorba tem certeza de que quem aprende pela dor logo conhece o caminho da redenção.

— Me solta! — Gritou Sarah.

Yorba com certeza iria responder alguma coisa quando uma dor excruciante minou toda a sua consciência. Beatrice, seguidas vezes, pisoteava seu pé. Sarah logo pôde mover sua perna livre ao mesmo tempo em que o tesoureiro rolava em agonia pelo chão.

Sarah, com um pouco de esforço, se dependurou na calha e evitou olhar para baixo. Abraçou fortemente o cano de metal e foi descendo. Enquanto o fazia pôde ouvir Gioconda gritar:

— Levante-se, homem. Vamos, tire o carro da garagem!

Não deu atenção a isso. Suas mãos começavam a suar e descer até o fim parecia ter se tornado um ato impraticável. Raiva. Continuou o esforço rumo ao chão. Perdeu o apoio dos pés e quase caiu. Mais raiva. A respiração vindo em jorros. O frio na barriga aumentando a cada segundo. Gioconda surgindo à janela e tentando lhe acertar com tudo aquilo que por acaso visse em sua frente. Raiva vezes três. Após mais um metro e meio de provação, enfim atingiu o solo.

Saiu em disparada pela rua, correndo como nunca havia feito antes. Não conseguia desejar nada além de colocar Allegria em seu passado. Pensava nisso com tanto afinco que até mesmo seus pensamentos começavam a sangrar. Virava uma esquina quando uma sirene soou e uma gravação de Gioconda soou por todos os alto-falantes espalhados pela cidade:

Perigo, cidadão, perigo! Pessoa triste e furiosa em fuga. Recompensa para quem a capturar: um dia de choro legalizado.

Sarah viu as luzes das casas se acenderem e uma a uma as portas se abrirem. Por um momento todos pareciam confusos sem saber direito o que estava acontecendo. Enquanto as pessoas paravam para prestar atenção ao que estava acontecendo, Sarah olhou para trás e viu algo vindo em sua direção rapidamente. Beatrice vinha pedalando sua bicicleta rosa com esforço.

— Minha mamãe já está vindo-vindo. Suba!

Sarah sentou-se no banco da bicicleta e a menina foi de carona no cano. Enquanto pedalava, foi obrigada a reconhecer que tinha dez anos de idade quando fizera isso pela última vez. Estavam agora passando em frente a uma sorveteria quando um homem as apontou e gritou:

— Lá está ela! E sequestrou a filha da prefeita!

No momento seguinte uma multidão saiu de suas casas; carregavam tochas, *walk-talkies*, foices, espingardas de sal, dentre muitas outras coisas pouco inofensivas. Todos tinham sorrisos bem expressivos enquanto as perseguiam. Sarah respirou fundo e continuou sem diminuir a velocidade. A multidão vinha atrás numa confusão de gritos e passos. *Ela não está feliz e precisa ser punida*, era o que o senso comum gritava.

Pedalar. Respirar. Pedalar. Pedalar. Respirar.

Chegaram então a casa de Cody Corso após mais alguns minutos em ritmo pesado. As garotas desceram e largaram a bicicleta de qualquer jeito em frente à porta. Sarah bateu incessantemente enquanto Beatrice tocava a campainha. Não levou muito até que a porta se abrisse e o cientista surgisse em seu jaleco branco. O grupo de pessoas sorridentes cada vez mais próximo e diante dele vinha Gioconda em sua Kombi vermelha guiada por seu braço direito.

— Pelo visto vocês não foram discretas. — Comentou ele, dando passagem. — Conseguiram a pedra ?

— Sim, está aqui. — Mostrou Sarah, tirando-a do bolso e a entregando.

Ele a olhou durante um breve instante e enquanto trancava a porta disse:

— Ótimo. Venham, já está tudo pronto e a porta não vai aguentar muito tempo.

Como que para confirmar o que dissera, golpes fortes contra a porta fizeram com que até mesmo as paredes tremessem e a lâmpada do teto balançasse de um lado para o outro.

— Verdade, senhor cientista, ela não vai aguentar nadinha. — Constatou Beatrice, calma como uma brisa.

Percorreram rapidamente todo o caminho até o segundo andar onde o *Uivo* já os aguardava completamente montado e soltando vapor. Era uma enorme esfera de metal com uma cadeira em seu interior. A máquina era sustentada por cinco barras de ferro que faziam com que parecesse uma aranha. Várias mangueiras, alavancas e engrenagens podiam ser vistas, além de uma válvula de escape para o vapor. Na parte superior havia uma antena que girava sem parar indo de um lado para o outro. Um óleo roxo vazava de um furo e alguns parafusos caiam. Sarah olhou a máquina da mesma maneira que observava tigres num zoológico, com admiração e medo. Foi até a janela e olhou a multidão que se reunia lá embaixo.

— A pequena hora exata de você ir ver sua irmã chata está chegando, não é? — Perguntou a garotinha ao seu lado.

— É. — Foi só o que conseguiu responder.

— Eu não queria que você fosse embora, porque você é minha única amiga e eu te amo-amo.

Sarah estava observando todo aquele movimento e começava a responder alguma coisa quando de repente o vidro da janela explodiu – feito de um tiro que espalhou estilhaços de vidro em todas as direções. As garotas gritaram e se abaixaram. Sarah no mesmo instante levou a mão à face esquerda: um fragmento havia feito um corte não muito profundo.

— Vocês estão bem? — Perguntou Cody, do outro lado. — Já está quase tudo pronto aqui.

— Essa foi por pouco, Beatrice. — Falou Sarah.

Não houve resposta.

Ao olhar para o lado constatou que havia aberto a boca cedo demais. A garotinha chorava e rolava cheia de dor. O sangue ia fazendo uma poça que aumentava de tamanho a cada segundo. Não quis acreditar no que estava acontecendo. *Deus! Não, por favor, não...*

Mas não estava enganada pelo que via.

As coisas estavam piorando assombrosamente.

Capítulo vigésimo primeiro

Se você quer paz...

Prepare-se para a luta!

HOUVE UMA EXPLOSÃO rubra na parede. O primeiro disparo foi perdido. Sua mão tremeu, assim como a de Julien Sorel tremera antes de atirar na Senhora de Rênal. Contudo, o segundo tiro foi perfeito. Uma bala cravada no braço direito. Um grito de dor e fúria. Todas as armas ainda apontadas.

— Parados ou o comedor de bambu vai perder mais do que só um pedaço. — Gritou Annabel com o revólver apontada para a cabeça do panda. — Eu pensava que uma pessoa com audácia para ser chefe da Máfia fosse ao menos esperta o suficiente para revistar um prisioneiro.

Op Spade reconheceu de imediato a arma que havia entregado a ela e disse:

— Chen Yimou. Enganado por uma menina burra. Os tempos estão mudando. — Olhou para os capangas que estavam ali parados e continuou: — Nós vamos sair daqui e vocês vão nos deixar sair. Coloquem suas armas no chão, sem movimentos bruscos. Chen... Levante-se, você vem conosco.

O chefe olhou para o detetive e em seguida para a menina. Em um tom de voz que demonstrava fielmente todo o seu ódio, falou:

— Vocês não irão escapar assim! O preço dessa estupidez será caro.

Annabel deu de ombros e respondeu:

— Coloca na conta.

Após essa resposta, a garota apanhou as armas que haviam sido postas no chão e enfiou a cobiçada flor em seu bolso. A situação não estava totalmente resolvida mas ter aquilo em seu poder já tirava metade do peso de suas costas. Op Spade colocou Chen Yimou para caminhar e assim, sob olhares pouco amistosos, chegaram até os corredores. Annabel, extremamente nervosa, considerava cada passo como uma distância quilométrica a ser vencida. Ia avançando com o coração a ponto de saltar pela boca.

— Não imaginei que você fosse conseguir atirar. — Disse o lobo.

— Qualquer pessoa que já tenha ouvido falar em Rambo é capaz de fazer isso. — Respondeu Annabel.

— Quem é esse, algum policial famoso no seu mundo?

Estavam entrando na estufa naquele exato momento. Annabel sorriu e respondeu:

— Não, é um cara que faz filmes educativos. Coisas sobre ética, cidadania e derivados. Você não iria gostar dele.

Op Spade começou a abrir boca para responder mas não o fez. Estava sendo derrubado no chão por um potente soco de panda. Annabel não teve mais sorte do que ele. Levantou a arma, mas Chen Yimou foi mais rápido e com um movimento de pata fez com que ela pulasse de suas mãos e fosse parar do outro lado da estufa. Sua mão doeu bastante mas felizmente não houve nenhum dano.

Annabel correu em direção à saída, seguida pelo detetive. O panda saiu em busca da arma que a menina deixara cair. Do lado de fora, Ava os aguardava dentro do cupê com seu motorista. A dupla estava na metade da rua quando o chefe e seus companheiros mafiosos surgiram atirando em todas as direções.

— Ava! — Comandou Op Spade. — Abra a porta.

A gata fez isso sem discussão e tanto a garota quanto o lobo saltaram para dentro do veículo e se apressaram em fechar a porta. Os atiradores vinham caminhando lado a lado e se preparavam para uma nova saraivada de tiros. O motorista de Ava girou a chave. Nada aconteceu. Ele continuou a girar a chave e a pisar no acelerador mas o motor parecia querer desapontá-los.

— É melhor você fazer isso funcionar logo! —Berrou Annabel, abaixada no banco.

— Não me apresse. — Retrucou o motorista.

Novos disparos. Vidros quebrados. Lataria furada. Mais uma vez o barulho da partida abortada e então... Estava funcionando.

O pobre *pit bull* acelerou o máximo que conseguia e colocou o carro para se mover. Os tiros não cessaram e um pneu traseiro foi furado, o que tornou a direção um pouco mais complicada, mas logo estavam fora de alcance e todo o bando em ternos escuros ia ficando para trás. Chen Yimou gritou uma última coisa. Com certeza não era nada muito agradável de se ouvir.

Annabel enfiou a mão no bolso da calça para confirmar que a flor ainda estava ali, quando a sentiu ficou aliviada e respirou serenamente como não fazia desde que tudo começara. Sabia que um desfecho estava chegando. Ficou em silêncio durante o resto do trajeto pensando em tudo aquilo que faria quando voltasse para casa. Ela tinha que admitir: *as coisas estavam melhorando.*

Atravessaram um sinal vermelho no fim da avenida e ninguém se importou.

PARTE V
MENINAS NÃO CHORAM

Interlúdio

Outras coisas dentro da história...

A ÚNICA LUZ na sala era o brilho azulado da TV. Quando Annabel entrou já eram mais de meia-noite. Sarah estava deitada no sofá e nem notou a presença da irmã.

— Sempre pensei que eu e papai fôssemos os únicos insones da família. — Comentou Annabel.

Sarah ficou aturdida por um momento e olhou para a outra garota parada ali perto. Em seguida voltou sua atenção para as imagens na tela e simplesmente disse:

— Me esquece, Ann.

Annabel riu e falou:

— Você está assistindo *Um amor para recordar* pela décima vez. — Sentou-se no sofá e deixou que Sarah apoiasse a cabeça em seu colo. — Eu te conheço bem o suficiente pra saber que tem alguma coisa rolando por aí.

— E desde quando você se importa ?

Annabel deu de ombros e disse:

— Alguma coisa está te deixando triste e eu fico com inveja de não ser eu. Não gosto de concorrência naquilo que faço de melhor. Acho que no momento sou sua melhor opção de ouvinte. Acredite, ao contrário da Mandy Moore na televisão, sou capaz de responder.

Sarah respirou fundo para ficar em silêncio absoluto por um longo tempo. Sem deixar de olhar as cenas, começou a falar:

— É um problema complicado. O meu melhor amigo na escola é um garoto chamado Alex, eu conto tudo pra ele e vice-versa. Ele é o cara mais legal da escola, tem uma banda, joga futebol e...

— Você está a fim dele. — Atalhou Annabel.

— É.

Annabel, passando a mão pelos cabelos da irmã e com os olhos fixos no teto, falou:

— Converse com ele, você não irá morrer se fizer isso.

— Não posso, Ann. Nem todo mundo tem a coragem que você tem de falar as coisas. E se eu fizer isso, tenho certeza de que ele vai dizer que estou confundindo as coisas e que somos apenas amigos.

— Conheço essa história. — Respondeu Annabel calmamente. — Vai ficar um clima estranho entre vocês e aos poucos até mesmo a amizade vai esfriar. E você acha que gosta tanto dele que considera a amizade melhor do que nada.

— É, você me entendeu. — Disse Sarah.

Annabel balançou negativamente a cabeça e falou:

— Não. Eu entendi a sua burrice. Esse cara não gosta de você do mesmo jeito que você gosta dele? É ele quem está perdendo! Se você não falar nada, no fim das contas alguma outra garota vai chegar e ficar com ele enquanto você continua fingindo ser a melhor amiga para todas as horas.

Sarah sentou-se no sofá e objetou:

— Mas eu tenho vergonha!

— E se você virar a *top model* que sonha ser? Vai ficar com vergonha de andar na passarela?! Você consegue imaginar Kate Moss ou Gisele Bündchen envergonhadas?

— Isso é diferente. — Retrucou Sarah.

— Não é. Se desistir hoje, é exatamente o que irá fazer pelo resto da sua vida. Sarah, se você não tomar uma atitude, essa coisa vai crescer cada vez mais dentro da sua cabeça e vai drenar tudo que você tem de bom. Depois que tudo for dito as coisas vão melhorar, você vai ter tirado um peso das costas e ele vai ter ao menos a chance de gostar de você. E se não for é porque não é para ser.

Sarah deixou as lágrimas escorrerem pelo seu rosto e abraçou a irmã o mais forte que podia, afinal, não era algo que se repetisse com frequência e naquele momento o abraço da irmã parecia ser o lugar mais seguro do mundo.

— Obrigado, Ann. — Murmurou.

— Sabe, Sarah, você é irritante, convencida e arrogante. — Disse

Annabel — A criatura mais estressada do mundo... E meu sonho é mandar você para a China, com passagem só de ida. Mas acho que se eu fizesse isso, minutos depois eu iria até Pequim para te trazer de volta.

— Jura?

— Claro que não.

E as duas ficaram ali pelo resto da noite. Mais tarde, quando desceu para tomar um pouco de água, o pai das meninas viu a inusitada cena de suas filhas abraçadas em sono profundo. Sorriu. Notou que era melhor não acordá-las e as ajeitou com cobertores e travesseiros. Não sabia o que havia conectado as duas garotas naquela noite e não se importava nem um pouco com isso. Fez exatamente aquilo que achava ser o melhor a fazer. Ficou olhando durante um bom tempo e antes de voltar para a cama tirou uma foto que ficaria em sua carteira todos os momentos depois daquele. Dormiu bem.

Capítulo vigésimo segundo

Se você estiver com um sentimento

TODOS OS CIDADÃOS aguardavam com um misto de apreensão e curiosidade quando a porta finalmente caiu erguendo uma nuvem de poeira. Havia muita conversa e olhares fixos num mesmo ponto, ansiosos por descobrir o que acontecia naquele momento. Diante da multidão se encontravam Gioconda e Yorba, visivelmente os mais interessados no desenlace daquela situação. A poeira foi se assentando lentamente e por fim havia a garota de cara fechada. As pessoas mais próximas se calaram ao verem aquela garota quase selvagem em roupas rasgadas, cabelos desgrenhados e rosto sujo. A tensão que antecede uma tempestade de eventos se infiltrou. Sarah olhou para as pessoas e num canto viu O'Riordan, o Fiscal da Felicidade, com um rifle na mão, e logo soube quem atirara na janela. Sentiu a animosidade chegar e quando começou a falar sua voz era fria e baixa.

— Gioconda é uma perdedora e eu espero que ela morra.

Houve reações extremadas de parte das pessoas que gritaram insultos ou atiraram coisas em sua direação. Os murmúrios voltaram e Sarah soube que alguns concordavam com ela.

— Como ousa?! — Começou Gioconda a berrar — Ladra. Sequestradora de crianças. Traga a minha filha e o colar aqui, e eu não matarei você. Aleijar, torturar, talvez. Mas você continuará viva para trabalhar mais um dia. O povo da cidade sabe que você é uma péssima influência e não deixará isso impune.

— Sim, minha senhora, isso mesmo! — O tesoureiro fazia coro entre uma mordida e outra da maçã podre que segurava.

— Yorba tem certeza de que a senhora está corretíssima.

— Gioconda está sempre certa, mesmo quando está errada! — Gritava alguém no meio.

— Ah, cale a boca! — Outra pessoa gritou em resposta.

Sarah deu um passo adiante. O alarido aumentou. As coisas estavam ficando diferentes ali.

— Então o povo precisa saber de algumas coisas. Esse seu povinho fraco e imprestável. — Ia falando Sarah, com medo mas também embalada pela coragem originada na raiva. — Você é uma mãe horrível, absolutamente incompetente. Se as pessoas da cidade soubessem o quanto você é fraca já teriam se rebelado há muito tempo. Agora elas sabem.

— Mentira! — gritou Gioconda de volta. — Estúpida, mentirosa.

Sarah sorriu e continuou a falar como se não houvesse sido interrompida:

— Vê, essa é a única coisa que você sabe fazer. Quando não consegue mais manter um diálogo, parte para a falta de educação. Gioconda, você é uma coisa sem profundidade, uma figura de papelão. E pensar que eu te temia. No fim, você não passa de uma criatura patética que não merece a filha que tem, digna de pena e deprimida.

De tudo o que a menina falara, nada atingira o público com tanta força quanto aquela última palavra. Subitamente a maioria parou de gritar que Sarah ficasse calada. Queriam escutá-la. Os Intocáveis que tentaram cruzar a multidão para apanhá-la foram derrubados assim como os Fiscais da Felicidade. E foi assim que começou a briga entre os cidadãos da Allegria.

Sarah viu Gioconda e Yorba vindo em sua direção e entrou correndo na casa. Seu plano estava funcionando. A medida que ia andando, derrubava coisas para atrasar o avanço de seus perseguidores. Logo estava subindo as escadas que levavam até o *Uivo*. Lá em cima, tudo já estava preparado quando ela entrou. Sarah se colocou perto de Cody Corso, que por sua vez carregava Beatrice nos braços, e inutilmente tentava consolá-la.

— Não podemos demorar muito ou a energia da pedra não será o suficiente. — Alertou o cientista ao vê-la perto de si.

A prefeita entrou logo em seguida.

— Agora, infeliz, você pagará por tudo isso e eu... — Começou a falar mas deteve-se ao ver sua filha chorando nos braços do cientista.

— Não, *você* pagará por tudo o que você fez. — Respondeu Sarah.

— Não dê ouvidos a essa pirralha, ela... — Adiantava-se Yorba.

— Cale a boca! — Cortou Sarah. — Cody, deixe essa mulher nojenta ver o que ela causou.

A briga entre os cidadãos podia ser ouvida em alto e violento som. O cientista respirou fundo e virou-se para que todos pudessem ver o que havia acontecido. Uma venda que um dia fora branca e agora estava tingida de vermelho cobria os olhos da garotinha. Yorba imediatamente levou a mão à boca e prendeu o que iria escapar. Gioconda não fez o mesmo.

— O que você fez com a minha filha?! Responda! Oh, não...

Sarah olhou dentro dos olhos da mulher e disse:

— A culpa não é minha, é sua. Você nunca deu atenção a ela e nunca se preocupou em saber como ela se sentia. Você conseguiu fracassar como mãe que nunca desconfiou como ela sofria e buscava ajuda longe da sua presença. Ela vai ficar cega para sempre e tudo porque a supermãe-idiota foi capaz de mandar pessoas atirarem mesmo sabendo que poderia colocá-la em risco.

Para a total surpresa de todos Gioconda foi capaz de correr e derrubar Sarah antes que Cody pudesse fazer qualquer coisa. A mulher puxou os cabelos da menina e desferiu golpes descontrolados.

— Se ela não estivesse com você nada disso teria acontecido! — Gritava ao mesmo tempo em que batia e chorava. — Nem você nem ninguém irá tirar outra filha de mim... Não vai!

Sarah, embriagada de ódio como nunca estivera em toda a sua vida, fechou a mão e acertou o lado esquerdo da cabeça da prefeita que rolou no chão. A garota se levantou e limpando o sangue da boca continuou a falar:

— Sorria. Você não me parece muito feliz. Onde está sua torta vermelha? Onde está a poderosa líder dessa cidade? — Sarah caminhou em direção à mulher e chutou a perna dela. Houve um gemido lancinante cheio de dor. — Já faz tempo que estou com vontade de fazer isso.

E então houve uma voz que até então havia estado em silêncio.

— Pare, Sarah! Por favor.

Beatrice escorregou dos braços do cientista e desajeitadamente foi em direção de sua mãe, guiada pelos gemidos desta. Ajoelhou-se ao lado dela e a abraçou. Sarah observou aquilo em silêncio. Estava suada e arfando. Mas isso não importava. O problema era que estava confusa e ela não gostava de se sentir assim. Quando tudo começara ela estava crente que estava fazendo a coisa certa, mas agora tinha dúvidas quanto a isso. Olhou para seus próprios pés e fechou as mãos com força.

— Sarah, eu fico muito-muitíssimo feliz de você se importar comigo, mas fazer isso com minha mamãe-mãe não vai me deixar feliz. Ela é igual a mim, precisa de manutenção e gosto dela apesar de tudinho. Acho que mamãe já foi punida excessivamente-bastante. — Gioconda não fazia nada além de chorar e abraçar a cintura da filha com força. — Eu tenho certeza de que as coisas serão estranhas ou diferentes de agora em diante.

Sarah ficou calada e absorvendo cada palavra. Seus passos foram para mais perto delas. Gioconda mexeu-se assustada e Yorba prontamente pediu com a voz tremida:

— Não a machuque mais, por favor.

— Não vou. — Respondeu e tomou as mãos da garotinha ao se sentar. — Me desculpe, Beatrice. Pensei que estava te ajudando mas no fundo a verdade é que eu nem pensei em você. Acho que descontei a minha raiva sem imaginar como isso a afetaria. — Então se virou para Gioconda e disse: — Peço desculpas e agradeço.

— Pelo quê ? — Indagou debilmente a prefeita.

— Não sei, parece ser a coisa certa a dizer.

Nesse momento Cody Corso colocou a mão levemente em seu ombro e falou:

— Está na hora.

Sarah assentiu com a cabeça e se levantou, porém, antes que começasse a dar os primeiros passos, Beatrice a abraçou e disse:

— Obrigado por ter sido minha melhor-melhor amiga. Espero que sua irmã chata saiba a irmã bacana que tem. Você é tão legal quanto uma tartaruga e eu nunca vou me esquecer disso.

— Iremos nos encontrar de novo, tenho certeza. — Respondeu Sarah. — Afinal, esse é o mundo dos mortos e eu tenho certeza de que um dia morrerei, então... É só somar os fatos.

Sarah foi guiada até a máquina pelo cientista e preferiu não olhar para trás nenhuma vez.

— Eu desejo boa sorte. — Falou Cody ao colocá-la dentro do *Uivo*. — E muito obrigado. Talvez você não tenha percebido, mas sua atitude deu uma sacudida no modo como as pessoas veem tudo por aqui. Nem todo mundo vai ter coragem de largar tudo, mas agora há um mundo totalmente novo lá fora onde as pessoas poderão escolher a incerteza.

Sarah sorriu e trocou um aperto de mão com ele. A porta da máquina foi fechada atrás de si. Seu coração palpitava com força na esperança de que a máquina funcionasse. Podia ver através do vidro na porta que Cody Corso mexia nos inúmeros interruptores e nas alavancas. Ele se afastou.

Os outros três presentes na sala ficaram observando tudo com grande atenção. O som de engrenagens se movendo e de vapor escapando. E então a máquina começou a girar sem parar em velocidade crescente. Rápido. Rápido e mais rápido. Rápido e pouco mais rápido. Um ar quente escapando pelo recinto. Os olhos cravados naquilo. E a explosão que fez um buraco enorme no chão e destruiu grande parte da parede e do teto. A plateia ficou ali por mais um longo tempo.

Capítulo vigésimo terceiro

A menina e o lobo no mar

O CARRO CHEGOU no píer exatamente dez minutos após a fuga tumultuada da mansão de Chen Yimou. O trio saiu do carro e caminhou rumo ao único barco atracado ali naquele momento, o *Larsen*, uma coisa enorme e caindo aos pedaços. Annabel viu dois marinheiros mal encarados trabalhando na proa e o capitão, um javali preto com um charuto, a observar tudo sem fazer movimento algum. Quem primeiro falou foi Ava Hapburn.

— Estamos aqui e vivos, cumpri a minha parte. Op Spade, saiba que em breve deverá cumprir a sua.

— Não sou moleque e nunca deixo de cumprir os meus acordos. — Foi a resposta do detetive.

Annabel estava preste a perguntar qual poderia ter sido o preço desse acordo entre os dois quando o capitão os gritou:

— Vamos, não tenho a noite inteira por conta de vocês.

O grupo então subiu a rampa que levava a bordo e foram recebidos por um marujo que indicou uma sala onde poderiam ficar até que chegassem à ilha. Annabel aproximou-se de Op Spade e perguntou:

— Por que Ava está indo conosco?

— Para se assegurar de que eu não fuja. — Respondeu ele.

— E você iria fugir?

— Provavelmente.

Annabel continuou a acompanhar o grupo até um cômodo que servia de sala, tinha dois sofás e uma mesa com cadeiras. Em sinal de hospitalidade uma garrafa de vinho meio cheia havia sido deixada na mesa, o que fez a garota imaginar se aquilo vinha no pacote de viagem. Pouco tempo depois o barco começou a navegar e o capitão veio saudá-los pessoalmente.

— Espero que tenham gostado, é o melhor lugar da embarcação. — Foi dizendo. — Já faz muito tempo desde que alguém quis ir até aquela ilha, o que os leva até lá?

— Isso não é da sua conta. Pagamos você para nos levar e não para fazer perguntas. — Respondeu Op Spade.

O javali, em perceptível falso arrependimento, disse:

— Lamento muito, não era a minha intenção ofender ninguém, mas é raro alguém querer ir até lá.

— O que tem esse lugar? — Indagou Annabel.

— Nada demais. — Respondeu o lobo.

O capitão balançou a cabeça de um lado para o outro e respondeu:

— Amaldiçoado. É o único lugar do mundo onde neva durante o ano todo e ninguém que foi até lá jamais voltou.

— Baboseira. — Falou Op Spade e acrescentou para o outro: — Vamos lá fora, preciso acertar com você alguns detalhes sobre o restante do pagamento e a volta.

— Como o senhor quiser. — Respondeu o capitão e saiu junto com o detetive.

Annabel viu-se sozinha com Ava Hapburn, que se divertia a observar toda a cena com um sorriso no rosto. Assim que o detetive saiu, a gata a olhou e disse:

— Garota, no início eu não acreditei muito em sua história, mas ver Op Spade pegando um serviço novamente faz você ter seus pontos comigo.

Annabel foi se sentar numa das cadeiras e com um sorriso torto respondeu:

— Não foi muito mérito meu para dizer a verdade, se não fosse por Dean ele não teria aceitado. Eu tenho uma informação sobre algo que Op Spade quer, em troca ele trabalha para mim. E vocês, qual é a história?

Ava suspirou e disse:

— O mesmo de sempre: trapaça, amor e tiros.

— Pode me contar? Serve para passar o tempo já que não vi nenhuma sala de jogos por aqui.

Ava Hapburn não respondeu de imediato, acendeu um cigarro e ficou pensativa. Olhando para um ponto na distância começou a relatar:

— Eu o conheci num dia quente nos meus anos universitários. Eu estudava Administração e ele trabalhava com o pai numa firma falida de investigação. Naquela época ele não era nem um pouco parecido com o tipo durão de hoje. Tivemos um breve romance naquele ano mas não passou disso, pois o meu pai havia me arrumado um casamento com um magnata do chocolate, que resultaria num divórcio escandaloso e noticiado em todos os tabloides. Cada um seguiu o seu rumo e por quase dez anos nós perdemos contato. Durante a investigação de um assassinato acabamos por nos encontrar mais uma vez. Ele já estava casado e tinha uma filha de três anos de idade e sua fama como detetive começava a nascer. Nosso relacionamento ressurgiu das cinzas e com o meu depoimento uma quadrilha foi desmascarada tendo o prefeito como o principal líder. Op Spade ficou famoso, sim, ele ficou.

— Vocês continuaram mantendo um caso? — Questionou Annabel.

— Sim. Contudo Spade tinha uma família e não estava disposto a largar tudo para ficar comigo. Ele foi até o meu apartamento para romper tudo e acabei seduzindo-o para ficar uma última noite. Um erro estúpido. Lembra-se que eu falei de uma quadrilha desbaratada por ele? Pois é, eles não deixariam isso por menos e mandaram um assassino de aluguel para acabar com o detetive incômodo, mas, exatamente naquela noite ele estava comigo, e, como não conseguiram arrancar nada da esposa dele, decidiram que uma bala nela e outra na filha eram um bom aviso para que ele não se metesse com o que não podia enfrentar.

Annabel de certo modo conseguiu compreender o que havia deixado o detetive daquela maneira e também pôde perceber uma outra coisa, que colocou em palavras sem hesitação:

— Ele culpa você e a si próprio.

— Sim.

— Mas também ama você.

— Exato.

A menina olhou nos olhos da gata e perguntou:

— Qual foi o preço que você cobrou dele para nos ajudar?

Ava Hapburn sorriu e respondeu em um tom de voz enganosamente calmo.

— No dia em que ele perdoar a nós dois pelo que aconteceu, deverá me pedir em casamento.

— Você acha que isso vai acontecer?

— Não sei.

Várias coisas passaram pela cabeça de Annabel e ela foi capaz de ver aquilo que deveria fazer. Sem dizer palavra, levantou-se e saiu da sala deixando uma Ava surpresa para trás. Andou em rápidos passos pelo convés à procura de Op Spade e foi achá-lo do outro lado do barco. Estava fumando e com os olhos postos nas águas calmas e escuras.

— Ei, você. — Chamou Annabel.

— O que você quer? — Respondeu ele.

— Está dentro da estátua de falcão na sua mesa.

Op Spade a olhou pela primeira vez desde que a conversa começara. Seu rosto mostrava que ainda não compreendia direito o que estava acontecendo. Annabel respirou fundo e explicou:

— Aquilo que você procura. Dean me mostrou um cartão dizendo que estava lá. Eu não devia ter segurado essa informação por tanto tempo mas era a única maneira de você me ajudar.

O lobo não esboçou nenhuma reação de imediato e voltou a contemplar o mar. Ficou assim por breve momento que durou a eternidade. Annabel ficou um pouco afastada e fechava os punhos com força enquanto aguardava alguma coisa. O que ele respondeu foi:

— Era a única maneira de eu te ajudar.

— Acho que estamos quites agora.

— Sim, você obteve a flor e eu tenho o meu pagamento. Suma da minha vida.

— Pode deixar, não sou masoquista.

Annabel virou as costas e saiu a caminhar. Viu Ava parada pouco adiante parecendo ter escutado toda conversação. Antes que entrasse novamente na cabine a voz de Op Spade surgiu:

— É uma chave que está lá. A minha esposa havia guardado coisas, fotos, cartas e o dinheiro da família num banco. E para recuperar tudo isso é preciso a chave do cofre. Dean descobriu que uma tia dela em Bukowski sabia do paradeiro da chave e foi lá buscar a informação. Você sabe o resto.

— Entendo.

Após sua curta resposta, Annabel ergueu o olhar. Finalmente, lá estava a Ilha da Expectativa onde todas as suas desventuras encontrariam um desfecho. O trio ficou observando o pedaço de terra no meio do nada se aproximando cada vez mais.

Eu estou chegando, Estrela-da-Manhã. É melhor que a minha irmã chata esteja bem.

Capítulo vigésimo quarto

Um jardim de versos infantis e o cavalheiro verde

SARAH ESTAVA PERDIDA e não havia nada o que pudesse fazer acerca disso.

Quando saiu da máquina e confirmou que estava viva e inteira, ela deteve-se a olhar a imensidão de flores azuis que se estendia em todas as direções naquilo que parecia ser o infinito. Um mar de cor cerúlea. O vento soprava ululante nas colinas e carregava mil aromas. Ela saiu andando sem direção. Primeiramente, foi cegada pelo céu cor de marmelada e pela luz do sol verde. Chegou logo à conclusão de que aquele lugar era bem estranho. Conseguia ver o som das coisas flutuando e era capaz de escutar as cores em todos os lugares.

Um passo seguiu ao anterior e às vezes revoadas de borboletas multicoloridas debandavam assustadas por seus passos.

— Tem alguém aí? – Gritou.

O que voltou foi o som de sua própria voz.

— *Tem alguém aí*?

Enfrentando toda a sua apreensão, continuou a seguir firmemente. Recordava a si própria que já havia passado por situações muito mais assustadoras do que meros ecos. Com passos quase aéreos foi andando por aquele lugar que poderia muito bem ter sido saído dos pincéis de Jack Pollock.

Sarah então ouviu o som do mar e foi naquele rumo passando por entre as árvores de tangerina que cresciam a partir dali. Caminhou por cerca de vinte minutos até avistar uma ponte branca de madeira sobre um rio de águas amarelas. Do outro lado da ponte havia uma extensão de grama e árvores com inúmeras coisas penduradas. A garota estava começando a atravessar a ponte quando ouviu o som de música.

Correnteza abaixo vinha um grande barco feito de jornal e tripulado por quatro marsupiais em terninhos cinza e um rato que pilotava a embarcação. Cada um dos bichos estava com um instrumento e juntos cantavam repetidas vezes o mesmo refrão.

Estamos perdidos numa tempestade rosa pop,
prestes a dizer um longo adeus que talvez faça você chorar,
por favor não fique assim, você me deu um fora mas
continuaremos a ser a mesma bandinha de sempre,
as mudanças foram para melhor,
hipnose telefônica, variações de humor,
aperte os cintos e aproveite o próximo big bang

Sarah atravessou a ponte quando o barco já ia longe. Estava dando os últimos passos quando avistou por entre as árvores uma figura. Aumentou a velocidade para chegar até àquela pessoa e não levou mais do que quarenta e dois segundos para estar diante da figura peculiar que assistia a um filme debaixo de uma cerejeira. A primeira coisa que notou foi a TV idêntica àquela que causara o início de todos os desastres. Olhou do aparelho para a pessoa. Era um homem velho com longos cabelos brancos que lhe desciam em cachos por sobre os ombros. Seu cavanhaque era grande assim como seu bigode. Vestia-se em verde da cabeça aos pés e mantinha sua cartola e bengala no chão. Quando Sarah estava se aproximando, prestes a falar algo, o velho suspirou e sem olhar para ela falou:

— Já são dez horas da tarde. Você deveria ter chegado à uma hora, está atrasada. — Ele então a olhou e sorriu. — Mas está tudo bem, nunca me canso das reprises de Free Willy.

— Eu não poderia imaginar que haveria alguém me esperando num mundo estranho. — Respondeu.

— Claro que eu estaria esperando, afinal minha filha colocou você e sua irmã nisso tudo.

Um enorme ponto de interrogação saltou dentro da cabeça de Sarah, que olhou para o velho e perguntou com voz esganiçada:

— Annabel? O que aconteceu com ela?!

O homem esfregou as mãos e saiu a caminhar com a menina, só então respondendo à pergunta:

— Enquanto você estava em Allegria, sua irmã percorria um outro mundo. Estava procurando pela flor Amor-Perfeito para libertar Estrela-da-Manhã, minha filha. Nesse exato momento ela está na Ilha da Expectativa.

— Por que sua filha está presa?

O velho colocou a mão no bolso e falou:

— Eu a prendi. Você deve primeiramente entender que Estrela-da-Manhã não é um objeto de ódio. Uma menina bagunceira – sim, creio que seja uma forma de representar isso. É um ser movido pela curiosidade, pelo orgulho e *também* pela ambição. Assim como qualquer outro jovem ela precisava aprender sobre limites... Mas acho que fui severo demais com ela no fim das contas.

— Por que não a libertou?

— Não sei. Mas isso fez com que ela ficasse cheia de raiva e adquirisse fraquezas. Fiz meu papel de pai e a corrigi, mas ela foi punida em excesso.

Ela é igual a mim, precisa de manutenção e gosto dela apesar de tudinho. Acho que mamãe já foi punida excessivamente-bastante.

— Sei o que acontece com pessoas que são punidas em excesso. — Comentou Sarah.

Chegaram então a um poço no meio das flores e se sentaram na borda. Observaram as centenas de borboletas negras voando e por fim o cavalheiro de verde sentenciou:

— Você e sua irmã irão libertar Estrela-da-Manhã. Farão isso juntas e então estarão livres para voltar para casa. É triste que vocês estejam consertando os erros de minha família, mas o destino quis que fosse assim.

Sarah olhou nos olhos do velho e perguntou com firmeza:

— Assim que isso for feito nós voltaremos para casa? Você me dá a sua palavra?

— Nada nesse mundo é absolutamente certo ou absurdamente errado, contudo as chances serão maiores se você tentar fazer alguma coisa.

Sem outra possibilidade, a garota disse:

— Tudo bem. Eu faço isso. Responda-me uma coisa antes, onde eu estou?

O homem sorriu e disse:

— Lugar Nenhum. O destino final de qualquer pessoa.

— Não vi mais nenhuma pessoa aqui. — Afirmou a menina.

— O que você acha que são todas essas borboletas, sons e cores? Mas ainda não é hora para você entender isso, é cedo demais.

Sarah estava pronta para abrir a boca em protesto e prosseguir em seu interrogatório, porém não teve tempo para isso, pois com um movimento forte o homem a empurrou para dentro do poço. A última coisa que viu enquanto caía foi o brilho daquele sol estranho e a silhueta magra acenando.

Ela foi caindo e caindo e caindo até sumir na escuridão.

Capítulo vigésimo quinto

Annabel num reino ao pé do mar

— É O LIMITE, daqui para frente você deverá ir num bote até a praia. — Explicou o capitão.

Annabel, sem deixar de observar a ilha, fez um leve movimento de cabeça indicando que faria isso. Engoliu em seco e tentou controlar a sensação ruim que a invadia. Não estava tendo sucesso. Era como a morte, inevitável. Acompanhou Op Spade e os outros até o pequeno bote, pendurado ao lado do barco, que a levaria até lá. Acomodou-se da melhor forma possível enquanto aquilo balançava pendurado a vários metros de altura.

— O meu serviço acaba aqui, guria. — disse Op Spade. — Fizemos uma boa dupla, não é?

— É, acaba sim. — Respondeu a menina. — Excetuando o fato de que ninguém te suporta, foi bom fazer negócios com você.

— Idem.

Ava então se aproximou e disse:

— Até mais, menina. Se algum dia você vier em visita por esses lados, a noite é por minha conta no cassino.

Annabel sorriu e respondeu:

— Bem, se eu sair daqui é bem provável que eu me lembre de vocês pelo resto da vida, mas duvido muito que seja o suficiente para fazer com que tenha vontade de parar aqui novamente.

— É, eu imaginei que não. — Foi o que disse Ava num tom de voz que expressava divertimento.

E antes que qualquer coisa mais fosse dita o bote começou a ser baixado. Annabel segurou com força nas bordas. Olhou para as cordas e temeu que elas se rompessem a qualquer minuto. Olhou para as águas calmas e escuras cada vez mais próximas. *Se eu me livrar disso, vou aprender a nadar.* Por fim o bote atingiu a água e as amarras foram soltas. Annabel começou a remar desajeitadamente. Já havia feito aquilo com sua mãe certa vez, quando sua família ainda era somente uma. Mas naquela ocasião havia um instrutor e para maiores emergências um salva-vidas na beirada do lago. Só que agora ela não estava num lago e sua mãe nem o salva-vidas estavam por perto.

— Boa sorte! — Gritou Ava.

Annabel acenou em resposta e continuou a se esforçar com os remos, pensando que levaria a vida inteira para chegar até lá. Não foi exatamente isso o que aconteceu. Houve uma agitação nas águas e logo a seguir o bote sacudiu de um lado para o outro fazendo com que quase fosse derrubada. Bolhas foram surgindo na superfície. Ela assistiu a tudo isso com a respiração presa e o coração aos pulos. Uma camada espessa de névoa foi se formando ao redor da pequena embarcação. Então eles surgiram.

Quatro polvos verdes, fluorescentes e com grandes olhos vermelhos.

Annabel gritou à medida que as criaturas foram se aproximando. Tentou usar os remos para se defender, porém isso não teve efeito algum: as criaturas simplesmente vieram e agarraram as beiradas do bote com seus longos tentáculos. A garota esperou que houvesse uma retaliação pela sua ofensiva desastrada, mas ela não ocorreu. Os polvos simplesmente começaram a rebocar o bote calmamente em direção à ilha.

Annabel notou que ao contrário de outros como Op Spade e Ava, as criaturas marinhas não pareciam dotadas de inteligência, e achou isso muito bom. Foram avançando por entre as brumas. Annabel encostou a mão no bolso mais uma vez para conferir se a flor estava realmente lá. Fazia isso pela décima vez nos últimos minutos. Sentou-se e ficou a observar os rebocadores que trabalhavam incessantemente e faziam um zumbido grave e melancólico. Distraiu-se com aquilo até ver o ponto em que o nevoeiro se dissipava e a ilha estava a poucos metros de alcance.

Os polvos fluorescentes pararam e lentamente seus tentáculos largaram o bote para que, sem nenhuma espécie de aviso, eles sumissem por sob o mar. Annabel usou o remo e constatou que dali em diante poderia andar sem problemas. Deu os primeiros passos, carregando um remo como proteção, e distinguiu uma forma a aguardá-la na praia. Parou. A outra pessoa fez um gesto para que continuasse. Segurou sua "arma" com força e prosseguiu.

A ilha não era muito grande e tinha pouco mais de dez quilômetros para qualquer lado se alguém andasse em linha reta durante algum tempo. Havia sempre uma nuvem escura por sobre o lugar e neve caía sem parar, mas era uma coisa de coloração avermelhada e em forma de animais. Havia árvores por ali, assim como estátuas e ursos polares que brincavam sem dar atenção a mais nada. Mas a coisa mais imponente no lugar era a torre que se erguia rumo às nuvens, negra, torta e cheia de gárgulas que observavam a tudo e faziam piadas sujas.

— Bem-vinda à Ilha da Expectativa. Estrela-da-Manhã espera por você. — Disse uma voz abafada entremeada por um som alto de respiração.

— É melhor que esteja mesmo. — Retrucou Annabel e olhou cheia de raiva para o outro.

Entre eles não houve nenhuma palavra trocada durante um tempo, que Annabel usou para avaliá-lo melhor. Tinha forma vagamente humanoide e pele azul, sua cabeça era grande assim como seus olhos e suas duas bocas. Vestia um traje de astronauta e sua respiração embaçava o vidro do capacete.

Quando palavras voltaram a ser ouvidas, vieram das bocas dele:

— Você trouxe a flor?

— Está comigo.

— Por favor, me siga.

— Onde está a minha irmã? — Perguntou a garota antes que ele terminasse a última palavra.

— Aqui. Em breve.

Annabel não teve nenhuma alternativa porque o astronauta saiu andando sem lhe dar atenção. Tratou de ficar bem próxima dele, pois um bando de ursos a olhava com grande interesse. Esfregou os braços para tentar se aquecer e sentiu seus pés cada vez mais úmidos por causa da neve. Por sorte a torre não ficava a muitos passos da praia e logo estavam na soleira dela. Ao vê-los se aproximar, as gárgulas pararam de fazer piadas e focaram suas atenções na dupla com inegável interesse e sorrisos zombeteiros.

Estavam parados diante de uma porta vermelha repleta de entalhes e fechaduras. No alto alguma coisa escrita numa língua que Annabel não compreendia.

— O que quer dizer? — Perguntou a menina, com curiosidade.

— "Não há existência para aquele atrás do umbral carmesim". — Respondeu o outro, e acrescentou: — É sobre Estrela-da-Manhã. Agora, por favor, me empreste a flor.

Annabel não o fez de imediato. Ficou com ela em mãos lembrando-se de tudo pelo que passara para chegar até ali. Principalmente, pensava em Dean Chinaski, que morrera no meio do caminho de sua vida. Pensava nele.

— A flor. — Disse mais uma vez o astronauta.

Ela a entregou. O astronauta lentamente foi passando a flor por cada uma das fechaduras, que imediatamente faziam um clique e se abriam. Foi acontecendo de uma maneira simples e silenciosa e após dois minutos tudo estava destrancado e a porta levemente aberta. Annabel viu o astronauta assentir com satisfação e as gárgulas trocarem observações entre si. A flor lhe foi devolvida. Annabel estava prestes a fazer algum comentário quando sua atenção foi desviada para outro lado.

Tosse. Foi exatamente isso o que ela ouviu. Annabel virou-se e olhou para a praia. Um sentimento estranho e cheio de tudo passou pela sua cabeça. Sarah vinha rastejando para fora d'água, tossindo e coberta de algas. E então Annabel viu sua irmã desmoronar na neve. Simples assim.

Capítulo vigésimo sexto

Atrás da porta carmesim

ANNABEL CORREU ATÉ sua irmã sem se preocupar com nada e fez com que ela se sentasse. Sarah cuspiu água e, olhando-a, disse:

— Você veio atrás de mim, Ann.

Annabel não respondeu e a colocou para caminhar até a torre. Foi somente quando já andavam que Annabel perguntou:

— Está bem?

— Estou viva. — Respondeu Sarah.

— Então você está péssima.

As duas garotas sorriram e pouco depois chegaram até a porta que estava aberta, com o astronauta em espera. Annabel viu sua irmã ficar ligeiramente surpresa ao ver a figura que as aguardava, mas não demonstrou isso de nenhuma maneira perceptível senão pelo o olhar. As duas entraram e as meninas logo notaram estar dentro de um elevador enferrujado e cheio de pó.

— Sua irmã está aqui. — Falou o astronauta. — Exatamente como Estrela-da-Manhã previu.

A porta se fechou e o elevador começou sua trajetória para cima. Rangidos suspeitos e o som de pedaços que caíam no fundo cada vez mais distante.

— No momento estou mais preocupada em saber se isso vai aguentar até o fim. — Comentou Sarah.

— Se cair, do chão nos não passaremos. — Respondeu Annabel. — Vamos, está na hora de tirar a princesa da torre escura.

Ficaram as duas em silêncio. Ouvindo e subindo. Subindo e ouvindo. Ansiedade quase palpável. Sem nenhum aviso, Sarah segurou a mão de Annabel, que a olhou e nada disse. Não era necessário. Aquele era o fim, ela sabia, o fim.

Então o elevador parou. Levou ainda um instante para que a porta se abrisse. As meninas não conseguiram enxergar nada pela falta de iluminação.

— Agora é com vocês. — Disse o astronauta.

As garotas já estavam dando os primeiros passos quando Annabel parou e disse:

— Um segundo, tem uma coisa que preciso fazer antes de continuar.

Ela procurou por todos os seus bolsos e por fim tirou algo que sua irmã logo reconheceu como sendo o segundo biscoito da sorte que havia comprado. Annabel pegou o pedaço de papel e o leu em voz alta:

— *Dia bom*. Acho que podemos continuar agora. — Saíram do elevador.

O astronauta fez uma mesura silenciosa e fechou a porta. O rangido do elevador em descida podia ser ouvido. Estavam sozinhas. Ou não. Luzes começaram a acender no teto e em uma questão de segundos todo o lugar brilhava. Estava bem diferente daquilo que Annabel vira pela televisão. Parecia agora um grande salão de jantar repleto de balões. Uma longa mesa repleta de pratos finos, bebidas raras – e os convidados em trajes de gala com seus cães alegres ao redor dela. Tudo feito de plástico.

O olhar das meninas não se deteve em nenhuma dessas coisas, mas sim na anfitriã sentada no fim da mesa. Estrela-da-Manhã usava um longo vestido negro cheio de rendas e o cabelo vermelho repartido em duas tranças. Estava delicadamente maquiada e segurava uma taça de vinho. Sorriu ao vê-las entrar. A primeira coisa que Annabel notou foi que o semblante dela não estava cheio de energia como antes; pelo contrário, parecia melancólico.

— É um prazer vê-las pessoalmente. — Começou Estrela-da-Manhã. — Esperei durante muito tempo.

Elas não responderam. Estrela-da-Manhã pareceu não se importar. De fato, parecia extremamente satisfeita consigo mesma, como se apreciasse uma piada particular. Annabel foi a primeira a falar:

— O que nós precisamos fazer para te libertar e voltarmos para casa? A flor já está aqui.

Estrela-da-Manhã riu e respondeu:

— Me libertar? Ora, vocês já fizeram isso. Você, Annabel, trouxe a chave e abriu a porta e a jornada de Sarah mostrou ao velho que já era hora disso acontecer. Eu juro que adoraria ver a cara dele quando você apareceu por lá.

Sarah tomou a palavra:

— Então desde o início você não sabia se isso iria dar certo?! Eu poderia muito bem ter ficado naquela cidade pelo resto da vida, não é?

Estrela-da-Manhã foi caminhando em direção a elas e deslizando a mão sobre a mesa. Havia calma em cada movimento seu e esse sentimento passeava pelo ambiente. Annabel, por mais que quisesse, não conseguia odiá-la com tanta força quanto no início de tudo.

— Você deve entender uma coisa. Vi vários futuros possíveis e preferi acreditar naquele em que vocês conseguiam se sair bem.

— Por que nós? — Indagou Sarah.

— Foi aleatório. Gastei dois séculos preparando um feitiço que pudesse trazer alguém para me salvar e quando ele ficou pronto Sarah foi a primeira pessoa a passar em frente a um espelho – esse é o nome dos portais entre mundos.

— Você sabia que eu iria conseguir a flor ou que Sarah escaparia do outro mundo? — Perguntou Annabel, olhando Estrela-da-Manhã, que estava a dois passos de distância, dentro dos olhos.

— Não. Eu não tinha a intenção de trazer você, Annabel. Foi um erro. Era para Sarah ter vindo para esse mundo, mas o meu pai conseguiu fazê-la se extraviar sem imaginar que aquele espelho ainda estava aberto. O resto você já sabe. E quando ele viu o quanto vocês lutavam para se reencontrar, isso fez com que repensasse tudo o que havia acontecido. Eu não posso ter certeza, mas o conheço bem para poder supor. O cavalheiro verde está velho, e eu sou o único elo dele com o novo, já era hora de eu deixar de ser serva dele e reinar sobre mim.

Eu não me esforcei para encontrar ela... pensou Annabel, mas foi obrigada a admitir que o havia feito. Então fez a pergunta que a intrigava:

— Seu pai não gosta de você?

Estrela-da-Manhã sorriu e disse:

— Claro que ele gosta. Mas nunca soube demonstrar isso direito. Acho que ele pensou que se me trancasse iria me proteger de mim mesma e de tudo o mais. A única coisa que quero, meninas, é ser livre para ser o que eu quiser. Não sou igual a ele e nem pretendo ser, vou ser o exato oposto em qualquer direção, não porque sou uma filha ruim mas porque é assim que as coisas funcionam. Agora isso acabou, eu sou alguém. De hoje em diante farei tudo o que quiser, construir mundos ou tomar sorvete, tudo é possível.

E as meninas compreenderam o que ela queria dizer. Annabel deu um passo adiante e abraçou Estrela-da-Manhã, que foi pega de surpresa, mas não rejeitou o gesto. Sarah pouco depois fez o mesmo. Ainda odiavam Estrela-da-Manhã, mas por algum motivo se lamentavam por ela.

Foi Sarah quem falou a seguir:

— Estrela-da-Manhã, você está livre e nós precisamos voltar para nossa casa.

Silêncio.

Annabel pensou que Estrela-da-Manhã pudesse ter mudado de ideia e se recusaria a enviá-las de volta, mas esse pensamento se mostrou infundado pois logo veio uma resposta:

— Sim, está na hora de vocês irem. Mas também pode ser um ótimo momento para ficarem comigo e desbravarem novos mundos, não é sempre que fazemos novas amigas.

— Não somos amigas. — Retrucou Annabel. — Ainda não. Apareça em Londres qualquer dia e talvez eu pense sobre isso.

— Tudo bem. — Respondeu a garota ruiva e, de modo mais sério, acrescentou: — Fechem os olhos, pois mandarei vocês de volta agora. Será uma viagem boa dessa vez e quando vocês acordarem será como se nada tivesse acontecido. Vejo vocês do outro lado.

As irmãs mais uma vez deram as mãos e fecharam seus olhos. Houve vento e calor e um monte de outras coisas. O sentimento de esperar por alguém no centro de uma cidade ao anoitecer. Sons. O mais importante foi que ninguém perdeu o controle. Estavam do outro lado.

Epílogo

Uma coisa fora da história...

O CAMARIM ERA QUENTE e o ventilador estava quebrado. Não havia muito que Annabel pudesse fazer para acabar com aquele sentimento estranho que estava dando uma volta pelo seu estômago. Estava ali e o melhor que podia fazer era simplesmente relaxar e curtir o momento inevitável. Podia ouvir muito barulho vindo do lado de fora. Pessoas gritavam. Bateu o pé no chão repetidamente, tentando se concentrar melhor naquilo que estava prestes a fazer.

A porta foi aberta e Sarah entrou em um belo vestido branco, provavelmente a garota mais bonita por ali naquela noite. Estava carregando um pequeno embrulho. Annabel sorriu ao vê-la e disse:

— Pensei que você não viesse.

— E perder o show? Não. — Então acrescentou: — Saiu uma matéria sobre você na *Rolling Stone*. Annabel: dezenove anos e *rock 'n' roll*. Menina, você é uma *rockstar* agora.

Annabel riu e disse:

— Acho que sou. E você é uma top model, senhorita.

— É, acho que sou.

— E o que é esse embrulho?

Sarah entregou o presente para a irmã e disse:

— É um presente meu e do Alex, foi ele quem escolheu da última vez em que fomos ao *shopping*.

Annabel abriu o embrulho com cuidado e riu ao ver o presente.

— *Yes, Virginia*. Eu tinha esse disco autografado, mas...

— Foi roubado na turnê pelos Estados Unidos. — Atalhou Sarah — Li numa entrevista.

A porta foi aberta e um homem carregando uma guitarra entrou. Era alto e calvo e quando falou sua voz era grave e cheia de educação. A guitarra em sua mão era preta com bolinhas brancas.

— Já está tudo pronto, senhorita. — Disse ele, entregando a guitarra para Annabel. — Em cinco minutos!

— Tudo bem.

Annabel já estava perto da porta. Deteve-se por um instante e disse:

— Essa semana aconteceu uma coisa curiosa comigo, Sarah. Eu estava num show do Franz Ferdinand quando conheci uma moça que parecia ser muito legal e ficamos conversando durante horas. Sabe quando você vê uma pessoa e tem a sensação de que já a viu antes?

— *Déjà-vu*? Como ela era?

— Sei lá, talvez seja. Era uma moça ruiva, mais ou menos da nossa idade. Ela disse que já visitou milhares de lugares, no entanto vai se mudar para Londres.

— Estranho. Eu também conheci uma moça ruiva que acabou de se mudar para cá. Mas duvido muito que seja a mesma pessoa. — Seu tom de voz tornou-se quase um suspiro. — Ann, às vezes, quando acabo de acordar, tenho a sensação de que em algum momento nós já fizemos coisas grandes. Não sei como explicar, é a mesma sensação que tenho quando como uma torta ou vejo uma criança trocando as palavras.

— Nós fizemos coisas grandes, Sarah. — Disse Annabel. — Sobrevivemos uma a outra.

O homem voltou mais uma vez e falou:

— Um minuto!

— Eu sei! — Respondeu Annabel, irritada. — Tenho um relógio.

Sarah se levantou e, abraçando a irmã, disse:

— Alex, mamãe e eu estaremos na primeira fila, acene para nós. Papai não pôde vir porque está na Austrália trabalhando num filme com Dan, mas disse que vai fazer um *download* das fotos amanhã.

— Obrigado.

Sem dizer mais nada Annabel saiu apressada pelos corredores. O palco estava escuro, mas logo houve uma explosão de luzes e todas as pessoas na arena gritaram cheias de energia e animação. Annabel tomou o microfone e gritou:

— Boa noite Londres! Nós somos The Backstabbers Club. A próxima canção é a faixa-título do nosso novo álbum: *Estrela Ascendente!*

E no momento seguinte a guitarra distorcida estava fazendo o seu trabalho e milhares de pessoas se agitavam. Annabel viu sua irmã na primeira fila, como ela disse que estaria, e sorriu. Tudo corria muito bem. O que o futuro lhes reservava ninguém poderia dizer, mas o importante é que durante aquelas duas horas elas viveram felizes para sempre.

FIM

Este livro foi impresso em papel pólen bold
na Printing & Internet Solution S/A em outubro de 2011.